悪党

薬丸 岳

角川文庫
17603

目次

プロローグ

まだ六時前だというのにあたりは薄暗かった。

ハンドルを握った手に冷たい風が突き刺さってくる。僕は力一杯自転車を漕《こ》いだ。

サッカー部の練習が終わった後、仲間たちからコンビニに寄ろうと誘われたが、今日はまっすぐ家に帰ることにした。

薄闇に包まれた住宅街を抜けると、赤、青、白のサインポールが見えた。

いつもは家の玄関から入るのだが、今日はちょっと読みたい雑誌があったので店から入った。

「ただいま」

店に入ると、お父さんがちらっと僕を見た。すぐに常連客の田畑《たばた》さんに視線を戻す。

田畑さんと楽しそうに雑談をしながらお父さんは髪を切っている。

僕は入口近くのソファに座り、棚から今日発売の漫画雑誌を取り出した。とりあえず読みたかったふたつの漫画に目を通すと、僕は雑誌を開きながらお父さんに目を向けた。

ちょうどカミソリで田畑さんのひげを剃《そ》っているところだ。

この頃、僕は漫画を読むことと同じくらい、お父さんが仕事をしている姿を見るのが好きになった。以前はそんなことを感じたりしなかった。自分の将来を縛られたくなかったから、この店を継ごうだなんて想像したこともなかったけど、最近では、ここでお父さんのようにお客さんと楽しそうに語らいながら働くのもそう悪くはないな、なんてことを思い始めている。

田畑さんがさっぱりした顔で店を出ていくと、お父さんは閉店の準備を始めた。

「修《しゅう》ちゃーん。帰っているなら先に宿題をやっちゃいなさい」

奥からお母さんの声が聞こえた。僕は立ち上がって自宅に続いているドアに向かった。

「おい、修一《しゅういち》——」

お父さんに呼び止められて僕は振り返った。

理髪台の棚から包装された箱を取り出すと僕に差し出した。

「お母さんにはしばらく内緒だぞ。今度、研ぎ方を教えてやるから」

お父さんの言葉を聞いて、プレゼントの中身がわかった。

「いいの……?」

僕は少し不安になって訊《き》いた。

「大人になった証《あかし》だ。意味はわかるよな?」

「うん」

僕は嬉《うれ》しくなって、箱を手に取ると、二階の自室に駆け上った。

机に向かうとすぐに包装をやぶり、箱を開けてみた。

革製の鞘《さや》に収まったアウトドアナイフだ――

僕はどきどきしながら鞘からナイフを抜き出した。蛍光灯を反射してブレードが鋭く光った。恰好《かっこう》いい。お父さんが使っているナイフと同じタイプのもので、ブレードには『佐伯《さえき》修一』と僕の名前が刻まれている。

僕はナイフを見つめながらしばらくうっとりとしていた。

最高の誕生日プレゼントだ――

お母さんから誕生日プレゼントは何がいいかと訊かれたとき、僕はアウトドアナイフが欲しいと言った。お母さんは眉《まゆ》をひそめて即座に反対し、姉のゆかりは「きっとお父さんに感化されちゃったのね」と笑った。お父さんは無言で晩酌のビールを飲んでいた。

ゆかりの言う通りだ。僕たち家族は今年の夏休みに秩父《ちちぶ》にキャンプに出かけた。お父さんの提案だった。

最初は乗り気ではなかった。店は月曜日が休みだから学校が休みのときでなきゃ家族そろって出かけることなどない。どうせ行くならディズニーランドあたりがいいと思った。ゆかりも同感だったようだが、お父さんは子供たちの言うことには耳を貸さず、どこからかテントや寝袋を借りてきてキャンプを強行した。

それは僕にとって新鮮な体験だった。お父さんと一緒にテントを組み立て、その後、渓流釣りに行った。ゆかりも着くまではぶつくさ文句を言っていたが、しばらくするとお母さんと山菜を採りに行ったりして楽しそうにしていた。

お父さんは若い頃にはよく渓流釣りやキャンプをしていたそうだ。ナイフを持ったお父さんは慣れた手つきで魚をさばいたり木を削ったりした。今まではどこか冴《さ》えない父親だと思っていたが、そのときの動作が僕には恰好よく映った。

しばらく何の役にも立たないものだということはわかっている。プレイステーションというすごいゲーム機が発売されたばかりだから、それをおねだりしていればよかったかな、という思いがないわけではない。だけど、ゲームでは絶対に味わえない喜びが目の前のナイフにはあった。

ナイフをプレゼントしてくれたということは、大人として僕を認めてくれたということなのだ。ナイフを持たせても大丈夫だと。信頼できる大人だと認めてもらえたことが僕には一番嬉しかった。

「修ちゃん――」

お母さんの声がして、僕は慌ててナイフを箱に入れて引き出しにしまった。

「ゆかりがまだ帰ってこないんだけど……何か聞いてない？」

ドアを開けて、お母さんが訊いた。

「まだ部活じゃないの？」

ゆかりは高校でサッカー部のマネージャーをしている。僕は時計を見た。七時半を過ぎていた。たしかにいつもならとっくに帰っている時間だ。

きっと松山《まつやま》と一緒なのだろう。

「そういえば……さっき駅前で会ったときに少し友達の家で勉強してから帰るって言ってた……」

僕は嘘をついた。

「そう……あの子がケーキを買ってくるって言ったんだけど……じゃあ、もうちょっと待ってみようかしら」

ゆかりには三ヶ月前から付き合っている彼氏がいた。松山という一年先輩のサッカー部の主将だ。

たまたま駅前のハンバーガーショップでふたりが一緒にいるところを見かけて白状させた。だけど、両親には内緒にしていてくれと、ラーメン三杯おごってもらうことで買収されていたのだ。

松山は弟から見ても好感が持てる男だった。爽《さわ》やかなスポーツマン。たまに公園で会ったりすると、僕にサッカーを教えてくれたりする。

もしかしたら、ふたりで僕の誕生日プレゼントを選んでくれている最中かもしれない。

だが、九時を過ぎてもゆかりは戻ってこなかった。いつもより豪華な夕食を前にして、僕は少し不安になっていた。

ゆかりが何の連絡もなしにこの時間まで帰ってこないことはない。たとえ、彼氏と楽しい時間を過ごしていたとしても、家族に心配をかけてはいけないという分別はある姉だった。しかも、今日は僕の誕生日なのだ。

「何ていう友達のところにいったの？」

お母さんに訊かれたが、僕は「そこまでは聞いていない……」と言葉を濁すしかなかった。

「ちょっとそこらへんを見てくるよ」

僕は居ても立ってもいられなくなって家を出た。自転車に乗って薄闇の中を走りだした。

ゆかりの高校は家から自転車で十五分ほどのところにある。だが、高校まで行きフェンス越しに校庭を覗《のぞ》いてみてもクラブ活動をしている生徒は誰もいなかった。僕はゆかりと松山が立ち寄りそうな所を回ってみた。川越《かわごえ》街道沿いにあるファミリーレストラン、図書館、駅前のハンバーガー屋さんやCD店など。だけど、どこにもゆかりの姿は見当たらない。駅からとりあえず自宅への道を走っているときに、学生服を着た一団とすれ違った。松山とサッカー部の人たちだ。

「修一くん、こんな時間にどうしたんだ」

松山が声をかけてきた。

「お姉ちゃんと一緒じゃないですか？」

「いや……佐伯は早めに帰ったけどな。今日は修一くんの誕生日だろう。ケーキとプレゼントを買わなきゃいけないからって。佐伯がどうした……？」

ゆかりがまだ帰っていないことを話すと、松山たちの顔色が変わった。

「修一くん、一緒に捜そう――」

松山が僕の代わりに自転車に乗って後ろに乗るよう促した。他の部員の人たちも手分けして捜してみると言ってくれた。

どれぐらい捜しただろうか。もう三十分近く自転車で色々な所を回っている。薄暗い道を行きながら動悸《どうき》が激しくなってくる。自転車を漕ぐ松山の息も荒くなっていく。

松山が急ブレーキをかけた。

「どうしたんですか？」

僕が訊くと、松山は目の前にある一軒の廃屋を指さした。

もとは自動車整備工場のようだが、今はシャッターが閉ざされ朽ち果てている。敷地の中に自転車が転がっていた。

「ちょっと見てくるからここで待っているんだ」

松山の声は震えていた。

自転車のライトを取り外すと、鉄の扉を開いて敷地の中に入っていった。松山が自転車を照らし、工場の裏手に向かっていく。

僕も敷地に入って転がっている自転車に近づいていった。あたりは真っ暗だったが、鍵《かぎ》についているウサギのマスコットのキーホルダーを見て姉の自転車だと確信した。

心臓が締め付けられるように痛かった。僕はゆっくりと工場の裏手に向かった。窓を破られたドアが開け放されている。一歩、足を踏み入れようとしたときに松山の絶叫が響き渡った。

僕は身をこわばらせながら、窓から差し込んでくる薄明かりだけを頼りに奥に進んだ。淡い光が揺れている。ライトを持った松山が震えながら立っていた。近づくと光に照らされた床が目に入った。ぐしゃぐしゃになった箱の中からケーキのクリームが飛び散っている。

僕は震える松山の手からライトを奪い、違う方向に照らしてみた。

仰向けに倒れた女性を見て息を呑《の》んだ。

お姉ちゃん——？

近づこうとする僕を松山が止めた。僕は松山の手を振り払ってゆかりに近づいた。ゆかりの制服は引き裂かれ、白い肌があらわになっている。ゆかりの静止した目が僕を見上げていた。

第一章　悪党

「よかったら一緒に飲まない？」

カウンターの端から声をかけられて、警戒心を持ちながら、振り向いた。

三つ向こうの席で酒を飲んでいた坂上洋一《さかがみよういち》が、カウンターの上の酒瓶を指さしている。マッカラン18年。名前やだいたいの値段は知っているが、薄給の身なのでもちろん飲んだことはない。

「いやあ、そんな、悪いから」

そう言って、目の前のハーパーのストレートに口をつける。気づかれたのではないだろうかと、横目で坂上の様子を窺《うかが》う。

「巨人ファンだろう。一緒に祝おう」

先ほどまで坂上とバーテンダーはナイターの話で盛り上がっていた。バーテンダーから話を振られて、巨人ファンだと話をあわせた。本当は野球になど興味はない。

坂上がバーテンダーに目配せをする。私の前にマッカラン18年のストレートが差し出された。

「じゃあ、お言葉に甘えて」

グラスを坂上にかざして、高価な酒を遠慮なく喉《のど》に流し込む。芳醇《ほうじゅん》な香りが口中に広がってきた。だが、坂上のおごりだと考えると、気持ちよく酔うことはできない。

「あまり見かけない人だな」

坂上が訊《き》くと、バーテンダーが「初めてですよね」と言い添えた。

「少し飲みたくて。いい店だね」

当たり障りのない言葉を返す。調査対象者に近づき過ぎたのではないかと心配になる。坂上を尾行していた私は、このバーに入るべきかと悩んだ。本来なら、今までの時点で調査は終了になる。必要以上に深入りすべきではないとわかっていたはずだ。だが、この男の過去が、私に仕事の一線を少し踏み越えさせたみたいだ。

「仕事は何をやってるんだ?」

人懐っこい笑顔で訊いてきた。

坂上の表情を見ているかぎり、どうやら、私の存在には気づいていなかったようだ。酒場で話をしているだけなら気のいい兄ちゃんに思えた。センスのいいブランド物のスーツが、本来持ち合わせているであろうこの男の粗暴さを包み隠しているのだろう。

「今はちょっとふらふらしている……」

まさか探偵をやっているとは言えない。適当な職業を騙《かた》って、後で墓穴を掘るのも面倒だ。世間で話題になっている日雇い派遣で何とか食いつないでいると答えておいた。

「いくつ」

「二十九」

「おれと同い年だ。派遣じゃ生活も安定しないだろう」

坂上が微笑みながらちらっとバーテンダーを見た。

優越感に浸っているのだろう。傍《はた》から見れば、まさに勝ち組と負け組の典型だ。

「ああ、大変だね。いつ首を切られるかわかったもんじゃない。そういうあなたはどんな仕事をしているんだ？　見たところ、おれとは違って一流企業かなんかにお勤めのようだけど。おれなんか一生かかってもこんな酒をボトルになんかできない」

「一流企業なんかじゃないさ。おれは学がないから一流企業には入れない。だけど頭は使いようで、それなりの知恵と度胸があればこの程度の酒は飲めるようになるさ」

坂上が得意げな表情で語った。

「どんな業種かな」

一応、訊いてみた。

「セールス業みたいなもんかな。おれはそこの部署の営業マンたちを束ねる管理職といったところだ」

セールス業か――物は言いようだ。

坂上が勤めているという会社の光景を、隣のビルの非常階段からずっと見ていた。数人の若者たちが一日中とっかえひっかえ携帯電話をかけている。怪しげな会社だ。断言はできないが、おそらく振り込め詐欺グループの拠点になっているのだろう。

「おれなんかでもあなたみたいな生活ができるかな」

皮肉交じりに訊いてみる。

「どうだろうな……それなりの生活を求めれば、それなりの苦労もある」

ドアが開いて、女性が入ってきた。

「りさ、遅かったな」

坂上が女性に手を振る。

女性はショートカットの髪にジーパンとTシャツという身なり。肩から大きなバッグを提げていた。坂上の連れにしては地味な印象を受ける。

私に軽く会釈をして、りさは坂上の隣に座った。

りさという女性に見覚えがある。池袋《いけぶくろ》から四駅目の本郷三丁目駅の近くにあるマンションで坂上と一緒に生活している女性だ。マンションを張っているときに何度か目撃した。表札には坂上と遠藤《えんどう》というふたつの名前があったから、ふたりは同棲《どうせい》しているのだろう。

私にはもう興味を失ったように、坂上がりさと話し始める。

ハーパーのストレートにスイッチして、それとなく聞き耳を立てた。

りさは介護ヘルパーの仕事に就いているようだ。今日世話をした老人の話や、仕事の大変さを恋人に語っている。坂上はりさの話に相槌《あいづち》を打ちながら聞き入っていた。

ふたりの会話を聞きながら、疑問を感じている。

毎日、老人の介護に追われるヘルパーの女性と、人を騙《だま》した金で豪遊を繰り返す坂上のような男との結びつきはいったいどういうものなのだろうか。りさは坂上のことをどれだけ知っているのだろう。坂上の過去と、坂上の今を――

興味はあったが、これ以上この男の近くにはいたくなかった。その気持ちが勝った。

「ごちそうさま」

チェックを済ませると、立ち上がって、坂上に会釈した。

「もしさっきの話に興味があったらまたこの店にきなよ」

坂上が私に声をかけた。

「そうするよ」

「名前は」

「佐伯――」

本名を名乗った。もう会うことはないだろうと思ったからだ。

ショットバー『ドール』を出て、池袋駅に向かった。まだ終電に間に合う時間だ。東武東上線《とうぶとうじょうせん》に乗って川越に向かった。仕事場は大宮《おおみや》にあるが、今夜はこのままアパートに帰って寝るつもりだ。十日間の調査活動で疲れ果てていた。

明日《あした》の朝一番に出勤して調査報告書を作成しなければならない。それから依頼人である細谷博文《ほそやひろふみ》に連絡をする。

吊《つ》り革《かわ》につかまりながら、窓外の暗がりに目を向けていると、陰鬱《いんうつ》な感情がこみ上げてきた。細谷夫妻の顔が脳裏によぎったからだ。

初めて対峙《たいじ》したとき、初老の夫婦の表情は弱々しかった。だが、そんな弱々しさの中に、切羽詰まった憎悪を心の中で煮えたぎらせていたであろうことが今回の調査でわかる。

細谷夫妻が私の勤める『ホープ探偵事務所』を訪ねてきたのは十日前のことだった。

最初の直感で、家出人の捜索のために来たのだろうと思った。夫婦揃ってやってくる場合、たいていは身内の、特に子供が家出をしたので捜索してほしいというケースが多いからだ。

だが、細谷夫妻の依頼は、十一年前まで埼玉県の川口《かわぐち》市内に住んでいた坂上洋一という男が今どこに住んでいて、どんな生活を送っているのかを調査してほしいというものだった。

さっそく十一年前からの坂上の足取りを調査していくと、依頼人と坂上との関係がくっきりと浮かび上がってきた。坂上は十一年前に細谷夫妻のひとり息子である健太《けんた》を殺していたのだ。

坂上は高校二年生のときに学校を中退している。恐喝や窃盗を繰り返す地元でも有名なワルで、健太とは中学校のときの同級生だった。病弱な両親のために高校在学中から近くの工場でアルバイトをして家計を助けていた健太を、坂上はたびたび恐喝していた。抵抗を示す健太への暴行はどんどんとエスカレートしていく。そして給料日の夜、待ち伏せしていた坂上は健太を公園に連れて行き殴る蹴《け》るの暴行を加える。給料の四万円を奪うと、ぐったりとした健太をそのまま放置して、夜の街に繰り出した。健太はその夜、外傷性ショックのため亡くなったのだ。

傷害致死の容疑で逮捕された坂上は家庭裁判所の審判で少年院に入った。だが、事件後、坂上の家族は行方をくらまし、坂上も家族も細谷夫妻のもとを訪ねて謝罪することはなかったという。

自分たちのひとり息子を殺した坂上が、今どこにいて、どんな生活を送っているのかを知ることは、依頼人にとってみれば切実な願いなのだろう。

調査自体は容易《たやす》いものだった。坂上は事件から二年後に少年院を出ている。事件当時住んでいた川口市内から出ていたが、昔の悪い仲間たちとはいまだに交遊を持っていた。行きつけだという飲み屋を知り合いから聞きつけて三日間張っていると、簡単に坂上の姿を捉《とら》えることができた。それから今日を含めて四日間、坂上を尾行して、本郷のマンションや、毎日出勤している池袋の雑居ビルを確認したのだ。

昼前、坂上がマンションを出て池袋の雑居ビルに向かう。夜の七時ごろには仲間たちとビルから出てきて、一緒に食事をとり、高級クラブをはしごする。経費が少ないから、さすがに店内での様子は確認できなかったが、これがこの四日間の坂上の日常だ。

今夜はクラブから出てきて仲間たちと別れた坂上が、ひとりで先ほどのバーに入っていった。迷ったすえに、二十分後、店内に入ってみることにした。

依頼人と坂上との関係を知ってから、胸糞《むなくそ》の悪い思いを抱きながらの調査だった。

だが、それも今夜でお終《しま》いだ。この調査結果を細谷夫妻に知らせれば仕事は終わる。

坂上の居場所を知った依頼人が、これからどうしようというのか、それは考えないことにしよう。


「調査を続けていただけませんか」

向かいのソファに座っていた細谷が切り出した。隣に目を向けると、細谷夫人もうなだれた恰好《かっこう》で、小さく頷《うなず》いている。

「今回の調査では不十分ですか」

私の隣に座って話を聞いていた所長の木暮正人《こぐれまさと》が、口ひげに手をやりながら言う。

三十分前に細谷夫妻が事務所を訪ねてきてから、四人で向かい合って、調査結果について話をしている。

「けっして今回の調査に不満があるわけではありません。あの男がどこに住んでいて、どんな生活を送っているのかをきちんと調べてくださった。私たちが自力で調べようと思っても難しいでしょう。ですから、これからの話はあらためてのお願いということです」

六十に手が届こうかという初老の細谷は相変わらず弱々しい表情をしている。だが、言葉のひとつひとつには揺るぎない強さを感じさせた。

「健太を殺した坂上は逮捕されて、二年間少年院に入っていました。法律的には罪を償って社会に出てきたということになるのでしょう。ただ、私たちにはとうてい納得などできないのです」

「では、これからどういったことを調査するべきでしょうか」

木暮が問いかける。

「あの男を赦《ゆる》すべきか、赦すべきでないのかが知りたいのです。赦すべきならばその材料を見つけてほしい」

木暮が私を見る。戸惑っている私に気づいている目だ。

細谷夫妻が求めていることもわからないではない。いや、自分なら誰よりも痛いほどわかるはずだ。だけど、何をもって、どんな材料をもって、罪を赦すというのだ。

「それを知るためにはもっと調査に時間がかかりますよ。当然、調査費用もそうとうかかります」

木暮らしく、金銭の面から切り返した。

「それならば大丈夫です」

細谷が脇に置いた鞄《かばん》の中から封筒を取り出してテーブルの上に置いた。

「ここに三百二十万円あります」

ほう、という目で木暮の視線が封筒に釘付《くぎづ》けになる。心中が透けて見えた。さぞや小躍りしたい気分だろう。

「このお金は健太を殺されたことによって得た犯罪被害者給付金です。私たちも病弱なものですから、今までに何度もこのお金に手を付けようと思ったことがあります。だけど、どうしてもこのお金は使えなかった。健太のためにしか使えないお金です」

「ちょっと待ってください」

木暮が封筒をつかむ前に私は言った。

「何をもって坂上の罪を赦すというのです。坂上のどんな言動を見れば罪を赦せるというのですか」

「あなた方の判断でかまいません。被害者とも加害者とも関わりのないあなた方の判断でけっこうです」

「私にはそんな判断は……」

「佐伯君、ちょっといいかな」

木暮が手で制して立ち上がった。間仕切りの外に私を呼び出す。

「お染《そめ》さん、細谷さんに新しいお茶をお出しして」

事務机に向かって資料を整理していた染谷《そめや》に言う。染谷が面倒臭そうな表情を浮かべながら、巨体を椅子から持ち上げた。

「佐伯君、今うちが抱えている仕事が何件あるか知ってる？」

私に向き直って小声で言う。

「0です」

「でしょう。どうして断る理由があるの」

「さっき言ったように、何をもって罪を赦せるのかということです」

「そんなの簡単じゃない。あなたに坂上を赦せる材料がひとつでもあったとしたら、それでいいんじゃないの？」

赦せる材料――

木暮の言葉に、姉の顔が脳裏をかすめた。

薄暗い廃屋の中で、制服を引き裂かれ、静止した目で私を見上げていたゆかりの姿が――

私の心の中には犯罪者に対する激しい憎悪が渦巻いている。だからこそ、そんな自分には坂上の何を見たとしても赦せる材料など見つけられるはずがないのだ。

「この仕事決めたから」

木暮が指で拳銃《けんじゅう》の形を作って私に向ける。私に命令したり、なだめすかしたりするときによくやる癖だ。

気が乗らない仕事だが、所長の木暮に逆らうことはできない。

木暮は十二年前まで埼玉県警で働いていたという。かつての私と同業だが、警察官になったときには木暮はすでに警察を辞めていたので、面識があったわけではないし、四十半ばにしてなぜ警察を辞めたのかという詳しい事情も知らない。

木暮との出会いは四年前だ。どこで調べたのか、私のアパートに突然やってきたのがきっかけだった。警察を懲戒免職になり、前科がついて自暴自棄になって荒れた生活をしていたころだ。そんな事情を知りながら、木暮はこの『ホープ探偵事務所』に迎え入れてくれた。

小さな探偵事務所だ。常勤しているのは私と、事務仕事をやっている染谷というおばさんと、所長の木暮だけだ。人員が必要な調査のときには、木暮が数合わせの素人をどこからか連れてくる。

細谷夫妻が帰り、木暮がパチンコに出かけてから、私はずっと今回の依頼のことを考えていた。

とても難しい依頼だ。

坂上の内面に少しでも踏み込まなければ今回の依頼は果たせないだろう。

「お染さん、明日までに調べてほしいことがあるんだけど」

遠慮がちに染谷に言うと、面倒臭そうな顔を向けられた。

次の夜、私は『ドール』のカウンターにいた。バーテンダーに坂上のことを訊《き》くと、おそらく来るのではないかと答えた。三杯目を飲んでいるところで、坂上がやってきた。

私を見ても、坂上は表情を変えず、友人であるかのように自然に隣に座った。

「来るような気がしてたよ。第六感ってやつかな」

坂上がマッカラン18年のボトルとグラスをふたつ頼んだ。

「ただ単に、仕事に困っている風に見えただけじゃないか」

「そうかもな」

「最近は仕事にあぶれてばっかりで……このままじゃホームレスになっちまう。前の話に興味があってね」

「おれは人事も兼任してる。一応面接はさせてもらうよ。マスター、書くものあるかな」

メモとボールペンをもらうと、ボトルとグラスを持ってテーブル席へと促した。

「名前と住所と電話番号を書いて」

私は坂上に言われた通りにメモに書いて、渡した。

「佐伯修一——」メモを読み上げていた坂上が笑った。「住所はネットカフェかよ」

「金があるときは」

「よくこの店に入ってみようという気になったたな。ハーパーといえども安い店じゃない」

「やけだった。この酒を飲ませてもらったときは、もう死んでもいいと思った」

「死ぬ気になれば、たいがいのことはどうにかなる。運転免許は」

「ない。必要かな」

現住所などの情報を与えたくない。私は嘘をついた。

「特に必要はない。ただ、足が速ければそれにこしたことはない」坂上が薄笑いを浮かべる。「わかってると思うが、それなりにリスクがある仕事だぞ」

黙って頷いた。

「一応、実家の住所を教えてくれ」

「知らない」

「知らない？」

「親から勘当されてる。ふらふらしている間にどこかに引っ越したみたいだ」

「勘当ね。いったい何をやらかしたんだ」

「人殺しの息子なら勘当したくもなる」

小声で言うと、坂上の目が反応した。

「どういうことだ」

「オヤジを狩っててやりすぎた。十七のときだよ」

昨日、染谷に調べてもらった実際にあった傷害致死事件のことを話した。

「どこに入ってた」

「栃木に二年」

坂上が入っていたのとは違う少年院の名前を言った。

「やっぱり不採用かな」

私は訊いた。

「一応、採用する。だけど、向き不向きがあるから、一週間ほどは試用期間ということでいいか」

「わかった」

坂上がメモに住所を書いた。

「明日、昼の十二時にここにきてくれ」

メモを差し出したときに、ドアが開いて、りさが入ってきた。

りさに目を向けた瞬間、坂上の表情に暗い影が差す。負い目を感じている目だ。

りさは坂上の本当の姿を知らない。確信した。

「じゃあ、明日からよろしくお願いします」

気を取り直したように坂上が言った。もう消えてくれということだろう。

私は立ち上がって、りさに軽く会釈をして店を出た。

翌日の十二時、指定された事務所のインターホンを押した。

名前を告げると、ドアが開いて坂上が顔を出した。

「とりあえず入ってくれ」

坂上に言われて事務所に入ると、数人の若者たちが椅子に座って、携帯電話に向かって話している。会話を聞いていると、弁護士や警察官を装って猿芝居を演じている。やはり坂上の仕事は私が思っていた通り振り込め詐欺なのだ。

「こっちにきてくれ」

奥の部屋に通された。中央に大きなテーブルがあり、その周りにパイプ椅子が置いてある。ふたりの若者が座っていた。

「紹介する。今日から働いてもらうことになった佐伯君だ。よろしく」

坂上が紹介すると、ふたりの若者が軽く会釈する。拍子抜けした。どう見ても、犯罪組織に属しているようには思えない、今どきのやわな若者だ。

「あの部屋の光景を見て、どういう仕事か理解できたかな」

坂上が言った。

「セールス業だろ。電話して、金を振り込んでもらう」

「まあ、そういうことだ。だが最近じゃ振り込みはほとんど使わないけどな」

坂上が言うには、法律が改正されてATMから十万円以上の現金での振り込みができなくなったことで方法が変わってきているという。振り込みの代わりにバイク便を使ったり、確実に相手が信じ込んでいるなら闇の職安サイトで雇った使い捨ての若者に直接回収させにいく。

足が速いにこしたことはない、とはそういうことか。

「いきなり実戦というのは難しいから、一週間ほどこっちの仕事を手伝ってもらう」

椅子に座って、テーブルを挟んでふたりずつ向かい合った。坂上がテーブルの上に置いた紙束を差し出す。

「これは仕事で使うマニュアルだ。今までに使われたいろんな詐欺のパターンが載っている。だけど、このままではもう使えない。すでにニュースになったりして、手口がばれてるからな」

「それで、ここにいる四人でシミュレーションして、新しいシナリオを作っていくというわけか」

「察しがいいな。そういうことだ」坂上が満足そうに笑った。「佐伯君にはカモの友人役をやってもらおう。おかしなところがあればどんどん突っ込んでくれ」

坂上と若者が警察官や弁護士や交通事故の被害者などを装って話をする。騙《だま》す側だ。もうひとりの若者がカモの役をやる。私はカモの若者の隣に座って、冷静に横やりを入れる役割をやらされた。つねに疑っているのが前提で、坂上たち騙す側が話す事柄を怪しいと反論していく。坂上たちが黙ってしまったらそこで終わりだ。ふりだしに戻って、四人でどうすれば破《は》綻《たん》しない話になるかをまた考える。数時間、それを繰り返した。

「休憩にしよう」

坂上が言って、若者のひとりに隣の部屋からビールを取ってこさせる。

「佐伯君、突っ込みが厳しいね。法律や警察関係のことにも詳しそうだ」

「そんなことはない」

調子に乗りすぎてしまった。本来なら、犯罪組織に加担などしたくないから、穴だらけのシナリオにしてやるべきなのに。

この空間にずっといると自分の感覚が麻痺《まひ》していくことに気づく。まるでサークル活動か、ゲームをしているようだ。

坂上はもとより、このミーティングをしている若者も、隣の部屋で電話をかけている者も、金を回収に行く者も、自分たちが犯罪に加担しているのだというリアルさが欠如しているのだ。

カモになった者から金が回収されるたびに歓声をあげて自分たちの成果を純粋に喜んでいる。そこに見知らぬ他人の生活を壊しているということの自覚はなさそうだ。

「おまえがいてくれたら、いいシナリオができそうだ」

坂上がビールをあおる。


「疲れたか」

坂上が訊《き》いてきた。

仲間たちとの高級クラブでの宴《うたげ》が終わって帰路につこうかというときだ。

「疲れた」

私は正直に言った。

今日一日坂上と一緒にいて、細谷夫妻の依頼を受けた木暮を恨み、突っぱねなかったことを後悔している。

坂上が一万円札を差し出した。

「まだ試用期間だから給料というわけにはいかないが、今日はホテルにでも泊まれよ。二ヶ月ほど仕事をすればマンションを借りられるだろう」

「いや、大丈夫だ。まだたいして仕事をしてないし」

この金を受け取るわけにはいかない。

「良心が痛むか」

「そういうわけじゃない。きちんと仕事をしたときに、もらうものはもらう」

「律儀だな。そういう奴は初めてだ」

「そうかな。じゃあ、また明日」

坂上に別れを告げて、ネットカフェに向かった。


坂上の何を見れば、犯した罪を赦《ゆる》せると思えるのだろう。

狭い個室の中で、私はソファにもたれながら考えていた。

少なくとも、今日一日坂上のそばにいてその材料を見つけることはできなかった。

けっして、極悪非道な人間ではないと思う。昔はどうであったか知らないが、今の坂上は暴力で人を支配する人間ではない。それなりの気遣いもでき、仲間からの人望もある。

違う出会い方をしていれば、ダチになりたいと思ったかもしれない。

もし、坂上がまっとうな職に就いていたならば、細谷夫妻にとって赦せる材料になったただろうか。健太の墓に線香を供えて懺悔《ざんげ》をすることが反省なのだろうか。坂上のどんな姿を見たときに、この仕事を終えられるのだろう。わからない。

無意識のうちに、自分の心の中に答えを探していた。

目を閉じると、今でも姉のゆかりの死に顔がまぶたの裏によみがえってくる。この世のものとは思えぬ苦悶《くもん》の表情を顔中に残していた。

ゆかりを殺した犯人は二日後に逮捕された。地元でも素行の悪いことで評判だった榎《えの》木《き》和也《かずや》という十八歳の無職の男と、寺田《てらだ》正志《まさし》、田所健二《たどころけんじ》という十七歳の近所の高校に通っていた高校生だった。

もっとも、未成年が起こした事件ということで、新聞にもニュースにも犯人たちの名前や顔写真が出ることはなかったし、遺族が納得できる罰を与えられることはなかった。主犯の榎木には懲役十年の刑が言い渡され、寺田と田所は懲役三年から五年の不定期刑というものだった。

ゆかりを殺した者たちをどうやったら赦せるというのだ。ゆかりを殺した三人はすでに刑務所を出て社会に戻っている。その者たちの今の姿を想像するだけで、その者たちが生きていると考えるだけで、どうしようもない激情が湧き上がってくる。

どんなことがあっても赦せない。たとえ刑務所で罪を償ってきたとしても、私たちの前で自分の愚かな行為に涙を流したとしても、社会的にまっとうな生活を送っていたとしても、赦すことなどできない。

細谷夫妻は私と違って、坂上のことを赦したいのだろうか。息子を殺した男のことを赦したいと思っているのだろうか。そのために、健太の命と引き換えにして得た金を私たちに託したのだろうか。

人を憎み続けることは苦しい。憎しみはやがて激しい焔《ほのお》となって、心の中を焼き尽くそうとする。そして、いつかの私のように、烈火を人に向けるのだ。

自分たちの息子を殺した坂上を赦せると思える日が来ることが、細谷夫妻にとっては幸せなのではないだろうか。


翌日、仕事が終わってから坂上に飲みに誘われた。

今夜は『ドール』ではなく違う店だ。おそらく、りさが来るあの店では、繕った話しかできないのだろう。

「だいぶ慣れてきたか」

今日は三時間ほどシナリオミーティングをやった後、実際に電話をかけて芝居をする坂上たちの様子を見ていた。

「役者にでもなれるな」

それは正直な感想で、あそこにいる人間たちは驚くほど話術に長《た》けている。

「みんな、そんな度胸はない。見ててわかると思うが、意外と肝の小さい奴らがほとんどだ。相手の顔が見えないから、ああいうことができる。『おい、こら！』とすごんでる奴らも実際に会ってみるとそんなもんだ」

坂上が笑ってそう言う。

「ひとつ不思議だ」

「何が」

「ずっと一緒にいて思ったけど、あんたはそうとう頭が切れる。それにリーダーシップもある」

「リーダーじゃない。前にも言ったけどおれは管理職みたいなもんだ」

それはわかっている。坂上はこの組織の頭ではない。上の組織からグループの一部をまかされて仕切っているにすぎないのだろう。

「こんなリスクのある仕事じゃなくても通用するんじゃないか」

「まっとうな仕事ってことか」

「そう」

「おれもおまえと同じだ。十八から少年院に入ってた。出てきたら、親も、知り合いもみんなおれのことを避けて逃げる。そばにいてくれたのは昔のダチぐらいだ。ダチのひとりに誘われてこの仕事を始めたのがきっかけさ」

「何をやったんだ」

「中学の同級生を脅かしてたんだが、ちょっとやりすぎた。殺すつもりはなかったけど、ほっといたら死んでた」

坂上の口から初めて健太の話が出てきた。もう少し、坂上の気持ちを引き出したい。

十一年経った今、自分が犯してしまった罪をどんな風に受け止めているのだろう。

「遺族に会ったり、線香を上げにいったりしてるのか」

私が訊くと、坂上が何かを思い出したように時計を見た。

そういえば、三日後の四月二十五日は健太の命日だ。それを思い出しているのかもしれない。

「おまえは行ってるのか」

坂上が訊いた。

「何度か行った」

私は、あえてそう言った。

「そうか。それは偉いな。でもおれは、別に赦してもらおうなんて思わない。もう十分に罰を受けてる」

少年院に入ったことを言っているのだろうか。もし、そうであれば、大きな間違いだ。本当のダチならそう告げてただろう。

「ところで……さっき言ってた話、本当にそう思うか」

この話題はお開きにしたいのだろう、坂上が話題を変える。

「なにが」

「おれなら、まっとうな仕事ができるって」

「今の収入の何十分の一かで我慢できるんなら、できるだろう。そうしたいのか」

「いつまでも続けられる仕事じゃない。いい年してからムショに行くのは嫌だからな」

坂上が苦笑して言う。

「この前の女性だろう」

私が訊《き》くと、坂上が虚をつかれたような顔をして見つめてくる。

「どうしてそう思う」

「なんとなく。別に聞き耳をたてていたわけじゃないけど、いろいろと聞こえてきた。介護ヘルパーをやってるみたいだな」

「過酷な仕事だし、給料も少ないし、どんなに一生懸命に働いてもなかなか報われない仕事だ」

彼女は老人の介護に精を出し、彼氏はそんな老人たちを騙《だま》して労せず金を搾り取っている。何とも皮肉な話だ。

「彼女は今の仕事のことを知っているのか」

意地の悪いことを訊く。

「知ってるわけないだろう」

怒気を含んだ口調で返してくる。坂上が初めて私に見せた苛立《いらだ》ちだった。

自分とは住む世界の違うりさのことを、そうとう愛しているのだろう。坂上の表情が語っている。

「りさには友人と会社をやっていると言ってる。おれの過去も知らない」

「どういうきっかけで知り合ったんだ」

興味があった。

「二年前にキャバクラで知り合ったんだ」

「へえ、意外だな」

りさの質素な外見を思い出した。

「ああ、向いてない。もともと生活のためにやってた。母親への仕送りもしていたし、介護ヘルパーの収入だけじゃきついからな。辞めさせてからは、おれが多少負担してる」

坂上の言葉を聞いて、複雑な心境になった。

もし、りさや、りさの母親が金の出所を知ったらどんな思いを抱くだろう。

「どうして、知り合ったばかりの奴にこんなことを話してるんだろう……」

坂上が呟《つぶや》いたとき、着信音が鳴った。ポケットから携帯を取り出して電話に出る。仕事に使うとばしではなく、自分の携帯電話のようだ。

しばらく誰かと話をしていた坂上が深刻な顔で電話を切ると、私に向き直った。

「頼みがある」

何か面倒なことを頼まれなければいいがと願っていた。

「なんだ」

「りさが仕事中に足を怪我して病院に運ばれたそうだ。行きたいところだが、おれはこれから上の人間のところに行かなきゃならない。病院に行って、タクシーで家まで送ってやってくれないか」

「わかった」

違法な頼まれごとではなくて安堵《あんど》した。

「わかってると思うが、仕事のことなんかを訊かれても適当にごまかしてくれ。おれたちはりさの嫌いなタイプの人間だ」

坂上が一万円札を二枚差し出す。

「タクシー代だ」


バーを出て、タクシーを捕まえると板橋《いたばし》にある病院に向かった。

受付のソファに松葉杖《まつばづえ》を持ったりさが座っている。

「こんばんは。坂上さんはどうしても仕事を抜けられなくて、頼まれてきました」

りさに声をかけた。

「この前、『ドール』にいらした方ですね。彼の会社で働いてもらってるって聞きました」

りさに肩を貸して、タクシーに乗せる。

「お仕事のほうはどうですか」

本郷のマンションに向かっている車中でりさが訊いた。

「入ったばかりなのでまだよくわからないです。クビにならなきゃいいけど」

坂上の言いつけどおり、当たり障りのない言葉を返す。

「あなたのこと好きだと思うから大丈夫です」

思いがけない言葉を聞かされて、しばらくりさを見つめる。

「どうしてそう思いますか」

「なんとなく。私に会社の人を引き合わせるのは初めてだからかな。信用してるんだと思います」

胸の奥がうずいた。

私は信用される人間じゃない。坂上のことを調べている、ただの探偵だ。

「いつか仕事場での彼のことを教えてください。私には仕事の話なんか一切しないから」

「知りたい?」

私が訊くと、しばらくりさが考え込んでいる。

「知りたいような、知りたくないような……でも、私たちのために無理をしているんじゃないかと心配なんです。病弱な母のために仕送りもしてくれてるし」

「十年ほど前に亡くなりました。飲み屋でやくざの喧嘩《けんか》に巻き込まれて刺されたんです」
「お父さんは」
りさが唇をきゅっと結ぶ。
思い出したくない過去に触れてしまったみたいだ。
「彼はもちろん、そのことを知っているんだよね」
「ええ。付き合い始めてしばらくしてから言いました。その話を聞いて泣いてくれまし
た。ずっとクールな人だと思ってたのでびっくりしちゃった。人の痛みがわかる優しい
人なんだなって……」
もう十分に罰を受けている――坂上が言った罰とは、もしかしてこのことなのではな
いだろうか。
りさを愛し続けることは坂上にとってはとても苦しいことだろう。いつまでも隠し通
せるものではない。いつかは自分がしてきたことを話さなければならないのだ。
坂上は何を思って泣いたのだろう。
理不尽な暴力によって、自分が死なせてしまった健太や残された家族のことを思って
泣いたのだろうか。
それとも、自分に近しい人の痛みだったから、理解できただけなのか。
いずれにしても、中途半端な悪党だ。

無性に腹が立ってくる。坂上のことを憎みきれない自分に、腹が立ってくる。

四月二十五日——今日で私は坂上の前から消えるつもりだ。

健太の命日に、坂上のことを見届けて仕事を終わらせる。

ここに長居をしてるとまたひとつ前科が増えてしまうかもしれないし、それ以上に、もう坂上のそばにはいたくなかった。

これ以上この男のそばにいると、坂上を赦《ゆる》すべき材料を見つけるどころか、自分のことを赦せなくなりそうだ。

夕方の五時、もう少しで今日の仕事が終わる。細谷夫妻に何と説明しようかと考えながら、私は事務所の隅でたたずんでいた。

「佐伯」

坂上に呼ばれて、向かった。

「ちょっと実戦をやってみようか」

坂上が笑顔で言った。

「実戦って」

坂上の言葉を聞いて、心がこわばる。

「心配しなくていい。百人に電話してひとりひっかかれば御の字の仕事だ。少しずつ慣れていけばいい。佐伯はそうだな……警官の役でもやってもらおうかな」

坂上の周りにふたりの若者が集まってきた。テーブルの上にシナリオと名簿を広げる。

「もしもし、おれだけど……」

坂上がかたっぱしから電話をかけて、端緒がつかめないと切っていった。名簿の電話番号を次々とペンで塗りつぶしていく。

椅子に座りながら坂上を見つめた。腕時計を見つめながら、少し苛立った表情を浮かべている。

私はこのまま誰も引っかからないで終わることを願っていた。

「もしもし、おれだけど……」

何十件目かの電話で、坂上の口角が上がった。

「そう、おばあちゃん……りゅうすけ。実は友達とドライブしてたんだけど、事故を起こしちゃって、人をはねちゃったんだ……」

坂上の目が潤む。嗚咽《おえつ》を嚙《か》み締める不鮮明な声音でシナリオを読んでいる。

シナリオでは坂上が事故を起こした当事者を演じ、事故の被害者、弁護士、警官が交互に電話に出て事情を説明する。

被害者役、弁護士役の若者が話をして、私に電話が回ってきた。

坂上を見る。シナリオに指をさして、頷《うなず》きかけた。

「もしもし……」

狼狽《ろうばい》しきった女性の声が聞こえてくる。

弱々しい声音で、電話の向こうでひたすら恐縮する老女の姿が浮かんだ。

私の話し振りで怪しんでほしいと願いながら、坂上が指さした活字を読んだ。

なんとか最後まで読み終えると、坂上に携帯電話を渡した。

「もしもし、おばあちゃん、これから友達がお金を取りに行くから……」

坂上が金の受け渡しの段取りを進める。老女が住んでいる近くのスーパーのATMで受け渡しをするようだ。住所をメモに書く。

「友達の名前？」腕時計を見つめていた坂上が言った。「細谷……細谷健太っていうんだ」

その名前を聞いた瞬間、心の中で何かが弾《はじ》けた。

私はその正体を知っている。憎しみだ。あのときに似た憎しみが、焔《ほのお》となって体中を駆け巡っていた。

坂上が電話を切って立ち上がる。回収係の若者を呼んでメモを渡した。

「完全に信じきってるから大丈夫だ。名前は細谷健太だ」

坂上が私の肩を叩《たた》く。

「最初にしては上出来だ」

顔を上げることができなかった。そのまま立ち上がって事務所のドアに向かう。

「おい、佐伯、どうした」

坂上に呼び止められても振り返らず、そのまま外に出た。

雑居ビルから出て公衆電話を探す。先ほどの老女に電話をして、これは詐欺であると告げてから、池袋駅に向かった。

川口市内にある細谷の自宅に赴いたのは二日後のことだ。

事務所に来てもらってもよかったのだが、健太の仏前に線香を上げたかった。

居間に通されて焼香をすると、細谷夫妻と向き合った。

「私なら赦せません」

詳しいことは話さず、それだけ告げた。

「そうですか」

細谷夫妻はしばらくの沈黙の後、そう言って、深く頭を下げる。

私は鞄《かばん》から封筒を取り出してテーブルの上に置いた。

「今回の調査は一週間ほどのものでした。調査費用として四十万円いただき、残りはお返しします」

今回の調査で三百二十万円は取りすぎだと木暮に詰め寄った。木暮は渋い顔をしていたが何とか納得してもらった。

「ありがとうございます」

細谷夫妻が恐縮して、また深く頭を下げる。

私は遺影に目を向けた。遺影の中の健太が微笑みかけてくる。

今までにいろんな調査をしてきた。浮気調査や素行調査など。依頼人は知りたいことがあるからそれを頼む。だが、仕事をすることで、結果的に私はどれだけの人を不幸にしてきたのだろう。これからどれだけの人を不幸にするのだろう。

そんなことを考えながら細谷の家を出て事務所に向かった。

コンビニから出たところで、ポケットの中で携帯電話が震えた。

この振動を感じるたびに、あのときの調査を思い出す。

坂上のもとから姿を消して一週間。私は新しい仕事をやっていた。

取り出して着信を見る。おそらく坂上だろう。同じ番号の電話が何度もかかってきていた。

震える携帯電話を見つめながら、ごみ箱に近づいた。

坂上に知らせた携帯電話はとばしなので別に捨ててもかまわない。だが、心の中で断ち切れない思いもあった。

「もしもし……」

しばらく逡巡《しゅんじゅん》して、私は電話に出た。

『ドール』のドアを開けると、奥のテーブル席で坂上が酒を飲んでいる。

それなりの覚悟はしていたが、坂上はひとりだった。

私は坂上の向かいの席に座った。坂上が空のストレートグラスに酒を注いで差し出す。グラスを坂上の手もとに戻して、バーテンダーにハーパーを頼んだ。

「ひさしぶりだな」

坂上が鼻で笑う。

私は何も答えず、運ばれてきたハーパーをあおった。

「おまえが消えた日、回収係がひとり警察にパクられたよ。まあ、使い捨てだから仕事に支障はなかったけどな」

「それは残念だった。あんたもパクられたほうが幸せだろうと思ってたけど」

坂上の眼光が鋭くなる。

「佐伯修一君——おまえはいったい何者なんだ」

坂上が上着のポケットから紙を取り出してテーブルの上に置いた。新聞の縮刷版をコピーしたものだ。

「興味本位でお前の名前をネットで検索したらおもしろい記事が出てきた。四年前、どっかの巡査が検挙した暴行犯の口に拳銃《けんじゅう》を突っ込んで懲戒免職になったって話だ。単なる同姓同名か、それともおれに話したことはすべて嘘だったのか」

「その馬鹿な巡査は懲戒免職になっただけじゃなく逮捕されたよ」

私は答えた。

交番勤務の巡査だったとき、パトロール中に今は閉鎖されているスーパーの駐車場に停まった不審なワンボックスカーを発見した。車に近づくと、女性の呻《うめ》き声が漏れ聞こえてきた。警察だと叫んでドアを開けさせると、車の中でふたりの男が若い女性をレイプしていた。女性を車から降ろして保護すると、抜け殻のようにアスファルトの上に崩れ落ちた。生気のない目で私を見上げた女性にゆかりの姿が重なった——

男たちは酒か薬物でもやっていたのか車内でけらけらと笑っていた。男たちの悪びれた様子もない態度に湧き上がってくる怒りを抑えることができなかった。気がついたら、ひとりの男の口に拳銃を突っ込んでいた。

「おまえみたいな馬鹿は一度死んでみろよ」

私はそう言って、引き金に指をかけた。

けっきょく引き金を引くことはなかったが、後々この出来事が大きな問題となった。私は特別公務員暴行陵虐罪の容疑で逮捕され、警察を懲戒免職になったのだ。

「世間話ついでに、その馬鹿な巡査はどうしてそんなことをしちまったんだろうな」

「細谷健太の両親や、遠藤りさと同じだ。人を傷つけて平気な顔をしている愚かな人間を赦せなかったんだろうな」

「細谷健太……」

坂上がすべてを悟った目をした。

「そうか……あの日……そういうことか」

坂上の目が泳いでいる。その瞳《ひとみ》をじっと見つめた。

「おれの第六感もあてにならないな。ダチになれそうな予感がしてたんだが」

私は立ち上がった。ポケットから数枚の札と小銭を取り出してテーブルに置く。

「この前のタクシーの釣りだ。これを返しにきた」

バーテンダーにチェックをしてもらい、ドアに向かう。

「佐伯」

後ろから呼び止められて振り返った。

「おれにも拳銃を突きつけるか」

しばらく視線が交錯する。

「あったらな」

私は答えて、店を出た。

しばらく繁華街をさまよって、次の酒場を探した。


事務所に出勤すると、机に向かって染谷が慌ただしく作業をしている。

「まったく所長は人使いが荒いんだから」

染谷が文句を言いながら、机の上に置いた束のチラシを一枚ずつ三つ折りにして、次々と封筒に入れている。

「おはよう。何やってるの」

染谷に訊《き》くと、「手が空いてるならあんたも手伝ってよ」と食ってかかられた。

新しいチラシを刷ってダイレクトメールを送るつもりらしい。

チラシを一枚手に取って見た。浮気調査や盗聴器発見などいつもの案内の他に、新しいコースが加えられている。『犯罪の被害に遭われた方に。加害者の追跡調査を承ります』という文字が目に入って、愕然《がくぜん》とした。

「ここ二十年ぐらいに犯罪の被害に遭った人や家族を調べ上げてダイレクトメールを送れって。いったいどうやって調べろっていうのよ。ねえ」

木暮はこんなことを考えていたのだ。どうりで、細谷夫妻に金を返そうと言ったとき、想像していたほどに拒絶しなかったわけだ。今ごろ新しい金脈を掘り当てたと小躍りしているにちがいない。まったく呆《あき》れ果てるほどの商魂だ。

急にやる気が失《う》せて、新聞を手に取ってソファに向かった。

「ちょっと、手伝ってよ」

染谷の怒鳴り声を無視して、ソファに寝そべり、新聞に目をやる。

社会面のひとつの記事に目がとまった。

3日未明、文京区本郷四丁目にあるマンション前の路上で男性が血を流して倒れているのを通りがかった住人が発見。110番通報をした。男性・坂上洋一さん（29）は刃物のようなもので背中を刺されており、意識不明の重体。一時間後、近くの交番に男が出頭。坂上さんをナイフで刺したことを認めていることから、川口市内在住の細谷博文

(59)を殺人未遂の疑いで逮捕。現在、本富士《もとふじ》警察署で動機などを厳しく追及している。

鈍い痛みが、私の胸を貫いた。

第二章　復讐

青年は暗い瞳《ひとみ》をしていた。

年齢は二十歳前後といったところだろう。目の前のソファに座った青年は落ち着かない様子で室内を見回している。多くの者にとっては、人生の中で探偵事務所に足を運んでくることなどそうはない。もっとも、探偵など必要としない人生を送っているに越したことはないのだが。彼はいったい何を求めてここにやってきたのだろうか。

「お名前を訊《き》いてよろしいですか」

私は青年に訊いた。

「早見剛《はやみつよし》……」

剛が低い声で呟《つぶや》いて茶色の髪をかき上げた。耳たぶのピアスが光った。

外見からは今風な若者に思えるが、私を見つめる瞳だけは、人生の暗渠《あんきょ》を覗《のぞ》き込んだように濁っている。

その瞳を見ていると、この青年の人生に思いをめぐらさずにはいられない。

「年はおいくつですか」

私の隣に座っていた木暮が訊いた。

「十九です……」

私はちらっと木暮に目を向けた。

やはり、剛の年齢を聞いて木暮は興味をなくしてしまったらしい。いつもなら、依頼人と対峙《たいじ》しているときには我慢している煙草に火をつけた。木暮は金にならない依頼人には興味がない。

「今日はどういった御用件でいらしたんですか」

しかたがないので、私が剛の相手をする。

剛はつい先ほどこの探偵事務所に電話をしてきた。人を捜してほしいのだが、どれぐらいの時間で捜せるものなのか、費用はいくらぐらいかかるのかといったことを問い合わせてきたのだ。

調査期間や費用に関してはケースバイケースなので一概には言えない。私が、一度事務所に来て詳しい事情を聞かせてほしいと答えると、剛は電話を切ってすぐに事務所を訪ねてきた。

きっとビルの前で、事務所を訪ねようかどうしようかと迷いながらとりあえず電話をかけてきたのだろう。

剛は鞄《かばん》から一枚の紙を取り出してテーブルの上に置いた。

この探偵事務所のチラシだ。

「ここに、犯罪の被害に遭われた方に。加害者の追跡調査を承るって書いてありますよね」

三ヶ月前から浮気調査や失踪《しっそう》者の所在調査などの通常の業務の他に、犯罪前歴者の追跡調査というのを付け加えた。これは木暮のアイデアだ。

だが、新しいチラシを刷ってから、この調査依頼が舞い込んできたことはない。

剛の言葉を聞いて苦い思いがこみ上げてくる。

犯罪前歴者の調査——私にとってはもっともやりたくない仕事だからだ。

「捜してほしい人がいるんですが、このコースはいくらぐらいかかるんですか」

剛が訊いてきた。

「ケースバイケースですね」

金の話ならおれにまかせろというように、木暮が身を乗り出して説明を始めた。

「だいたい所在調査というのは二週間ほどの捜索期間で基本料金として三十万円かかります。もっとも、こちらの基本料金は捜している人物が見つからなかったとしても前金で支払ってもらいます。その他に、成功報酬として五万円から三十万円。こちらは捜している人物を見つけられたときにプラスさせていただきます」

「五万から三十万……ずいぶんと開きがあるんですね」

初めて探偵に依頼するであろう剛にとってはもっともな質問だ。

「難易度によるということです。あなたが調査対象者の情報をかなり持っていて捜しやすい人物なら最低金額の五万円。ただ、あなたが調査対象者につながる情報をあまり持っていなくて捜すのが困難な場合には成功報酬は高くなっていきます」

「じゃあ、全部で六十万円ほどかかるということですね」

剛が考え込んだ。

「二週間の捜索期間で調査対象者を見つけられた場合はそうですね。ただ、その人物の素行などを知りたいということであれば、さらに別料金がかかります。ちなみに分割払いはできません」

「わかりました……」

剛がソファから立ち上がった。

「十九歳にとって六十万は大金ですからね。お金ができたらまたいらしてください」

客のお帰りだと悟ったのだろう、木暮が煙草を灰皿に押しつけながら言った。

「いえ、六十万なら仕事でためた金がぎりぎりあります。これから銀行でおろしてきますよ」

剛の言葉に反応して木暮が顔を上げた。目が輝いている。

「そうですかー。それでしたら、お金はあとでけっこうですから先に調査依頼書を書いちゃいましょう。どうぞ、どうぞ、お座りになってください」

急に木暮の態度がもてなしに変わる。

「お染さん、調査依頼書を持ってきて。あと、お客様にコーヒーをお出しして」

事務員の染谷に言う。

染谷が面倒臭そうな表情を浮かべながら、巨体を椅子から持ち上げた。

「早見さんはいい事務所に訪ねてこられた。見た感じは小さな事務所ですが、実績はすごいんですよ。調査員も非常に優秀ですしね。きっとお捜しの人物を見つけられると思います」

私は、なんとも変わり身の早い木暮を滑稽《こっけい》な思いで見ていた。

剛が木暮に勧められるまま、調査依頼書を書き始めた。

調査対象者の欄には『前畑紀子《まえはたのりこ》』とあった。

「さっき、罪を犯した前歴者の調査をしてほしいと言ってましたが、この人がそうなのですか」

私は剛に訊いた。

「そうです。この女は十六年前にぼくの弟を殺したんです」

剛が暗い瞳を向けて答える。瞳の奥には底知れない憎しみが宿っていた。

木暮は剛から受け取った三十万円を鞄にしまうと、ドアに向かった。

「佐伯くん、お染さん、私はこれから別の仕事があるからあとはよろしく」

何が別の仕事だ。どうせこれからパチンコでもやりに行くのだろう。

「所長、待ってください」

私は木暮を呼び止めた。

「なに？」

「この仕事……気が進みません」

思い切って本心を告げた。

「気が進まないってどういうこと。もう、お金受け取っちゃったんだよ。ちゃんと前畑紀子の行方を捜し出して成功報酬ももらわなきゃあなたたちの給料だって払えないんだからね」

木暮は聞く耳を持たない。

「もし、前畑紀子の所在がわかったとして彼に伝えるべきなんでしょうか。どういう事情があるかは知りませんが、前畑紀子という人物は彼の弟を殺したということです。彼に前畑紀子の所在を告げたら……」

また、新たな不幸が訪れるような気がしてならない。

「まだ細谷さんのことを気に病んでるの？」

木暮が私の心を見透かしたように言った。

「あれはあなたのせいじゃないよ。私たちは細谷さんの依頼を引き受けてきちんと仕事を果たしただけだ。それから先のことは、私たちの知ったことではないでしょう」

木暮が冷たく言い放つ。

だが、そんなに簡単に割り切れるはずがない。私は言葉に出さずに、ただ木暮を睨《にら》みつけていた。

「そういえば、今日はそうか……」

木暮がカレンダーに目を向けて言った。

今日の午後から細谷の裁判が開かれる。木暮も知っていたのか。

「お染さん、悪いけど佐伯くんは仕事でちょっと抜けなきゃいけないから、代わりにこの人物について調べといてくれる。前畑紀子。十六年前に殺人で逮捕されてるはずだから」

木暮が染谷に調査依頼書を渡した。

裁判の傍聴に行けということか。

「帰ったらすぐに仕事を始めてね。手を抜かないように。ぜったいに彼のために前畑紀子を見つけてあげるんだ」

木暮が指で拳銃《けんじゅう》の形を作って私に向けた。


私は東京地方裁判所がある霞《かすみ》が関《せき》に向かった。

よくある怨恨《えんこん》による殺人未遂事件だ。傍聴券など必要なく傍聴することができるだろう。

裁判所に近づくにつれて、胸の中でどうしようもない疼《うず》きが増していく。

被告人席に立つ細谷にどんな視線を向けていいのかわからない。傍聴席にいるであろう被害者の坂上と顔を合わせることもつらかった。

裁判所を目の前にして、足がすくんだ。

だめだ——やはり、今の自分にはあの中に入ることができない。

「佐伯さん」

後ろから呼ばれて、振り返った。

遠藤りさが立っている。

「おひさしぶりです……佐伯さんも裁判の傍聴に来たんですか」

りさが訊《き》いた。

「いや……」

りさとの再会に息が詰まりそうになった。

たった三ヶ月しか経っていないのに、りさが別人のようにやつれていたからだ。以前に感じたはつらつさや明るさはなく、悲愴《ひそう》な眼差《まなざ》しを私に向ける。

「あのとき以来、お会いしていなかったんで気になっていたんです。彼に佐伯さんのことを訊いても何も話さないし……彼の会社は……」

「三ヶ月前に辞めました」

私は少し視線をそらして答えた。

「そうだったんですか……」

「彼は一緒じゃないんですか」

「まだ入院中です」

「容態は……」

「命に別状はありませんでした。ただ、脊髄《せきずい》を損傷してしまって下半身はまったく動きません。これから先も治る見込みは少ないということです」

りさが唇を嚙《か》み締める。

胸の奥に、りさの言葉が突き刺さった。

私の放った言葉によって、細谷と坂上とりさの人生を大きく狂わせてしまったのだ。

「そうですか……」

私はりさから目をそらした。早くこの場から立ち去りたい。

「佐伯さんはご存知だったんですか」

「何をですか」

「彼が犯した罪です。細谷という人の息子さんを死なせたということを……」

知っていた。そして、細谷に坂上を赦《ゆる》すべきではないと言ったのだ。

「彼をあんな目に遭わせた細谷という人が憎い。せめて睨みつけてやりたいという思いでここに来たんです。だけど、そうできる自信がありません。細谷という人の気持ちが理解できるから、どうしても憎みきれないんです。私の心の中にもお父さんを殺した人間を赦せないという気持ちがあるから……」

りさの父親も喧嘩《けんか》に巻き込まれて刺し殺されたと聞いていた。

「だけど、こんな結果しかなかったんでしょうか。細谷という人にとってはこうするしかなかったんでしょうか。彼はひたすら自分の過去の罪を隠して生きていくしかなかったんでしょうか」

りさが嗚咽《おえつ》を漏らした。

「私が細谷さんに告げたんです。彼を赦すべきではないと——」

りさが愕然《がくぜん》とした表情で私を見つめた。

「どういうことですか」

「私は彼の友人でも仕事仲間でもない。探偵です。細谷さんから依頼されて彼の素行を調査するために近づいたんです」

瞬間、頬に激しい痛みが走った。りさが私の頬を叩《たた》いたのだ。

「どうして……彼はあなたのことを信用していたのに」

りさが睨みつける。

「あなたの今の行動は間違っていない」私は頬をさすりながら言った。「あなたの中にある憎しみの焔《ほのお》がそうさせたんです」

私の心の中にも、憎しみの焔が今でも激しく燃えたぎっている。

犯罪者に対する憎しみ。人を傷つけて平気な顔で生きている人間に対する憎しみ。

憎しみはやがて激しい焔となってあらゆるものを焼き尽くす。誰かが、どこかでこの連鎖を止めないかぎり、手のつけられない火焔《かえん》となってさらに多くの人たちを不幸にする。

そんなことはわかっている。

だけど、私の中にある憎しみの焔を消すことなどできるのか。

いや、できないだろう。だからこそ、細谷にあのように告げたのだ。

「お父さんを殺した奴のことを調べたければいつでもどうぞ」

私はポケットから事務所の名刺を取り出してりさに渡した。

りさが名刺を破り捨てるのを見届けて、踵《きびす》を返して駅に向かった。


事務所に戻ると、染谷が仏頂面で新聞のコピーを投げてよこした。

「まったく所長にしても、あんたにしても、何で私だけこんなにこき使われなきゃいけないのよ」

「お染さん、ありがとう。今日はもう帰ったら？」

「言われなくても帰るわよ。これからデートなんだから」

染谷は机の前で化粧を始めると、やがて足早に事務所を出て行った。

自宅のアパートは川越にあるが、今日はこの事務所に泊まっていくことにした。

私は冷蔵庫から缶ビールを取り出してソファに寝転がった。冷えた缶ビールを頬に当てる。さっきからずっと頬がじんじんとしていて不快だったからだ。染谷からもらった新聞記事のコピーを見た。

『一歳児放置死』という大文字が目に入った。十六年前の新聞記事だ。荒川区内にあるアパートから幼児の遺体が発見された。幼児は衰弱死していて発見されたときには白骨化していたという。アパートからは三歳の長男も発見されたが、室内にあった生米などを食べてかろうじて生き延びていた。

記事を読んでいるうちに、暗澹《あんたん》とした思いになった。

ふたりの母親であった前畑紀子は保護責任者遺棄致死の容疑で逮捕された。紀子の供述によると、当時付き合っていた男性との交際の邪魔になることや、子供の世話をすることが疎ましくなり、部屋の鍵《かぎ》をかけたまま二ヶ月間部屋に帰らなかったという。

粒子のあらい黒ずんだ紀子の写真を見つめた。若く、きれいで、どうしようもなく無知で愚かな母親――

当時、紀子は二十一歳。今は三十七歳になっているということか。

二枚目のコピーにはこの事件の判決が載っていた。

懲役三年というのが、紀子に出された判決だ。裁判長は判決文の中で『親が負うべき保護責任をまったく果たさなかったきわめて悪質な犯行である』と述べているが、懲役三年とはあまりにも軽い判決だと思える。

この国では、自分の子供に対する犯罪の罰が軽いのではないだろうか。例えば、無理心中などで子供を殺して親が生き残っても、通常の殺人とは異なり判決では温情をかけられる傾向がある。

子供は親の所有物だとでも言うのだろうか。

この女は十六年前にぼくの弟を殺したんです——

剛の言葉がよみがえってきた。彼は二ヶ月間、部屋の中に閉じ込められ、弟の死体を見ながら、絶望的な空腹の中で生きてきたのだ。

記事を見ながら、暗渠《あんきょ》を覗《のぞ》き込んだような彼の暗い瞳《ひとみ》を思い出していた。


翌日、私は剛の携帯電話に連絡をした。

前畑紀子を捜すためにはもう少し材料がほしい。それに剛と会ってもっと話がしたかった。母親のことを捜して彼が何をしようとしているのかを知りたいのだ。

だが、電話に出た剛は、母親に関することをあまり話したがらなかった。母親のことも、事件のことも、思い出したくもないという話し振りだ。

「昨日聞いた事柄だけでは捜索が難航すると思います。君が協力してくれれば早く見つけられる可能性が高くなるし、成功報酬も低く抑えることができる」

そう言って説得した。

剛は自分たちが住んでいたアパートの住所も覚えていない。もっとも三歳のときのことだ。しかたがないだろう。近所を実際に歩いてみたら、何か思い出すことがあるかもしれない。

剛は渋々私と付き合うことを了承した。今日は仕事が休みだというので、昼の十二時に事務所がある大宮駅前で待ち合わせることにした。

「早見という名前は……」

上野に向かう電車の中で私は剛に訊いた。

剛がこちらに顔を向ける。

私の質問の意味を察したのだろう、剛が事件後のことを訥々《とつとつ》と話し始めた。

父親は弟の翼《つばさ》が生まれてすぐに家を出て、それ以来行方がわからないということだ。紀子が逮捕されてからは、剛は施設に預けられ、中学を卒業するまで施設で生活していた。母親の姓を名乗るのが嫌だった剛は、施設で知り合った人の養子になって早見姓になった。だが、必要以上に養父の負担になりたくないと、中学校を卒業してすぐに建築関係の仕事に就き、それからは会社の寮で生活しているとのことだ。

どれぐらいの給料をもらっているのかは知らないが、彼にとって六十万円は大金だろう。

「こんな大金を使って母親を捜してどうしようっていうんだ」

私が言うと、剛の視線がぎらついた。

「あんな女、母親なんかじゃない！　金はちゃんと払うんだから、あんたは黙ってあの女を捜せばいいんだよ」

怒りをあらわにした。

上野駅で京成《けいせい》本線に乗り換えて町屋《まちや》駅で下車した。

駅前の商店街を通り、新聞に載っていた町屋三丁目の付近に向かう。

ぎらぎらとした陽射しが容赦なく肌に突き刺さってくる。額からとめどなく流れる汗を拭《ぬぐ》いながら剛と歩いた。

「こらへん、記憶にあるかな」

私は訊《き》いた。

剛は私の質問にも黙ったまま歩いている。どこにでもありそうな住宅街だが、剛にとっては立ち入ることさえおぞましい場所なのかもしれない。

やがて、剛が辛《つら》そうにハンカチで口もとを押さえた。

「気分が悪いのか？」

「夏は苦手なんだ……あのときのことを思い出しちゃう……吐き気がしてきた」

「ちょっと休むか」

私は訊いたが、剛は首を振って歩き続けた。

「ずいぶん変わったな」

剛が呟《つぶや》いた。

「覚えてるのかい」

「ここだよ」

剛が目の前にある四階建ての建物を指さした。

「建物は変わっているけど、ここにあったアパートに住んでた」

忌々しいといった顔で言う。

「間違いないね」

「ああ、ここの公園は変わってない。パンダの遊具があるだろう。アパートの窓からこれが見えた」

建物の向かい側には大きな公園がある。

「もう、帰っていいかな」

虚脱したように言った。

「ああ、ありがとう」

「本当はこんなところ来たくなかった。金だけ払って全部任せたかった。だけど、一日でも早くあの女を見つけてほしいから付き合ったんだ」

剛はそう言って、駅への道を戻っていった。

私は途中まで弱々しく歩いていく剛の背中を見送り、建物の中に入っていった。

何軒かの部屋を訪《たず》ねて大家の住まいを訊ねる。この建物の大家である宮田《みやた》はここから歩いて十分ほどの東尾久《ひがしおぐ》六丁目に住んでいることがわかった。

宮田という初老の女性は前畑紀子のことをよく覚えていた。

自分が管理するアパートから幼児の遺体が発見されるという災いを経験したのだ。忘れようにも忘れられないだろう。

「まったくとんだ疫病神だったね。あの事件が起きる前から隣近所の人たちと騒音やごみの出し方なんかでもめてたんだよ。こんなことならさっさと立ち退いてもらうべきだった」

事件から十六年経っていても、紀子に対する恨みは晴れていないようだ。

「けっきょく、あんな事件が起きてしまったからアパートも建て直さなきゃいけなくなったしね」

宮田は紀子を擁護する立場の人間ではない。私はそう悟って、正直に紀子の所在を捜しているのだと切り出した。

「あの女が今どうしているかなんて知らないね。知ってたら損害賠償の請求でもしてやりたいぐらい」

「紀子さんの肉親や旦那《だんな》さんが今どこにいるかはわかりませんか」

「子供も子供なら親も親ね。あんなに迷惑をかけたというのに親御さんも一言の挨拶《あいさつ》もない。旦那は見たことがないね。あのアパートに越してくる前に別れたそうだよ」

「女手ひとつでふたりの子供を育ててたんですか」

「と言えば、聞こえはいいけどねえ。いつも部屋にいろんな男を連れ込んでいたよ。まったく幼い子供がふたりもいたっていうのになんて無責任な……」

「部屋の保証人は誰がなっていたんですか」

「働いていた店のオーナーって人よ。事件があった後、部屋の修繕なんかを補償してもらうために掛け合ったからよく覚えてる。神田でクラブかなんかを経営してる人よ」

「その人の住所は今でもわかりますか」


「さゆりは若くて美人だったからね。面接のときにこの子は人気が出るって思ったんだ。だから部屋の保証人にもなってあげたんだけど……」

神田にあるクラブのオーナーは苦々しそうに言った。

さゆりというのは、紀子の店での源氏名だ。

「紀子さんはいつ頃からこのお店で働き始めたんですか」

私は訊いた。

「事件が起きる一年ほど前だったかな。前の旦那は運送業をやっていたらしいんだけど女ができたとかで離婚してね、若いのに子供ふたりも抱えて大変だなと最初は同情してたんだけど……まあ、旦那も旦那なら彼女も彼女って感じだったね」

「といいますと」

「男癖もよくなかったし、金銭感覚やいろんなことに関してルーズだったから。子供の遺体が発見されたとき、さゆりは店にいてね、警察が店までやってきたんだけど、あっけらかんとしてたよ。事の重大さをわかっていないっていうか……怖いね、まったく」

「彼女が今どこにいるかはわかりませんか」

「わかんないね。どっか地方かなんかで暮らしてるんじゃない？　金持ちのおやじかなんかたぶらかしてさ」

「彼女の写真なんかありませんか」

「いや、ないね」

オーナーはあっさり言った。

「そうですか。もし何かお気づきのことがありましたら、ご連絡いただけますか」

私は男に名刺を差し出した。


携帯電話が鳴った。着信を見ると剛からだった。

依頼を受けてから一週間が経っている。だが、まだ紀子の所在はわからなかった。

「まだ、あの女の所在はわかりませんか」

剛が訊いてきた。

「もう少し待ってください」

私はそう答えて電話を切った。

これから新宿歌舞伎町《かぶきちよう》にあるクラブに行ってみるつもりだ。

昨日、神田のクラブのオーナーから電話があった。私が訪ねてから、何人かの知人に紀子のことを訊いてみたという。十年以上通いつめている常連客が、以前、新宿のクラブで紀子に似たホステスを見たと話したそうで電話をくれた。

十六年前、神田のクラブで働いていた紀子はその美貌《びぼう》でぶっちぎりのナンバーワンだったそうだ。その常連客は、事件が起きて逮捕されるまで、紀子にそうとう入れ揚げていたらしい。

新宿のクラブで遭遇したときには、紀子はさゆりではなく美緒《みお》という源氏名を使っていたという。常連客がしきりにあのさゆりちゃんでしょうと問い質《ただ》したそうだが、そのホステスは人違いだと言ってはぐらかしたそうだ。だが、常連客によるとあれは間違いなくさゆり——つまり紀子だと言っているという。

私はオーナーから聞いたクラブ『ゼックス』に入った。

「美緒さんいるかな」

私は美緒を指名した。だが——

「申し訳ありません。美緒さんは店を辞めてしまったんです」

指名なしでホステスをつけてもらい、しばらく世間話をした。

「ところで、ちょっと前に来たときに美緒さんについてもらったんだけど、辞めちゃったみたいだね」

「えー、美緒さんってどんな人だっけ？」

「ほら、北海道出身のあの人じゃない」

「ああ、あのおばさん。佐伯さんって熟女ファンなの？」

私が美緒のことについて訊くと、周りを囲んでいたホステスがいろんなことを話してくれた。

「いつ頃辞めちゃったの」

「たしか、一年ぐらい前かな」

「どこか違う店に変わったのかな」

「そうじゃないって。ここだけの話、店を辞めなきゃならなくなったの」

彼女たちが言うには、紀子はこの店で働いていた男性従業員と恋仲になって店を辞めることになったという。ホステスと従業員との恋愛はこういう店の中では御法度のようだ。紀子と男性従業員はともにこの店を辞めて結婚したそうだ。

「彼女は北海道出身なんだ」

私は訊《き》いた。

「そうらしいよ。三十過ぎまですすきののクラブで働いていて、こっちに出てきたって言ってた。なんか変なのーって感じだけど」

紀子は刑務所を出てからしばらくは北海道で暮らしていたのだろうか。

「そう言えば、みっちゃんっていうんだけどね、この店を辞めてから世田谷《せたがや》の経堂《きょうどう》でダーツバーを開店したんだって。よかったら行ってあげて」

ホステスのひとりが名刺入れから名刺を取り出して渡した。

クラブ『ゼックス』を出ると十時を過ぎていた。新宿から経堂まで急行で二十分とからない。

私はホステスから教えてもらった店に行ってみることにした。

『ダーツバー・レッグ』は経堂駅を降りて農大《のうだい》通り沿いにあるビルの三階にあった。

店内に入ると、十席ほどのカウンターに三人の客と、テーブル席に数人の若者がいた。三台のダーツが置いてあって、二組のカップルがダーツを楽しんでいる。

私は空いていたカウンターの端に腰をおろした。

カウンターの中で男性がシェーカーを振っていた。おそらくこの男性が店のマスターなのだろう。岡田《おかだ》充弘《みつひろ》と、さきほどホステスからもらった名刺には書いてあった。紀子の現在の夫――

私はビールを注文して、さりげなく店内の様子を窺《うかが》った。

紀子は店にいないのだろうか。この店の閉店時間は深夜の二時だ。閉店してから充弘を尾行して住んでいる場所を確かめなければいけない。今夜は帰れないことを覚悟していた。

しばらくすると、カウンターの奥の厨房《ちゅうぼう》から女性が出てきて、目の前にお通しを出した。お通しであるがなかなか凝ったものを出す。

「初めてのお客さんですね」

女性が声をかけてきた。

この女性が紀子なのだろうか。だが、三十七歳にしては少し老けて見えたし、新聞記事に載っていた写真のイメージともどこか違う。

「ええ、この近くに住んでいるんですけど初めて寄ってみました。この店はどれぐらい前にオープンしたんですか」

しばらく、女性と世間話をして紀子の話の端緒をつかもうと思った。

「半年前にオープンしました。ひいきにしてください」

「失礼ですが、御夫婦でやってらっしゃる？」

私が訊くと、女性が笑った。

「みっちゃん、私たち夫婦に見えるんだって。私もまんざらではないでしょう」

と、女性が充弘に言った。

「まあ、夫婦でやっていることはたしかなんですが……」

充弘もそう言って笑いをこらえる。

ドアが開いて、人が入ってきた。

「紀子、今日はいいっていったのに。無理するなよ」

紀子という言葉に反応して、私は振り返った。両手に買い物袋をさげた女性が店内に入ってくる。

私はその姿を見て愕然《がくぜん》とした。

紀子を見つけた——三十七歳とは思えない若々しい顔立ちをしている。

だが、剛にどのように報告するべきだろうか……

「少しぐらいからだを動かしたほうがいいってお医者さんも言ってたし」

マタニティードレスを着た紀子が微笑みながらカウンターの中に入っていった。

ソファに座った剛が調査報告書を食い入るように見つめている。

「これまでにわかっていることは、前畑紀子さんは岡田充弘さんという三十五歳の男性と一年ほど前に再婚して、現在はふたりで世田谷の経堂にあるダーツバーをやっています」

調査報告書にはダーツバーの住所とふたりが住んでいる経堂駅近くのマンションの住所が記してある。

それに紀子の生活を撮影した写真が何枚か添付してあった。

「この男性はあの女の過去を知っているんですか」

剛が顔を上げて問いかけてきた。

「そこまでは何とも……」

だが、紀子の過去を知らないのだろうと私は思っている。

あれから三日続けてあの店に通った。従業員や常連客と話をしているうちに、いろいろな事情がわかってきた。

剛に話して聞かせることをためらってしまう内容だ。

紀子は罪を犯した前歴者であるという影をまったく感じさせないほど、幸せに満ちあふれているようだった。

優しい旦那《だんな》とその姉の三人で店を切り盛りし、楽しい常連客たちに囲まれ、生き生きと暮らしている。そして、お腹の中には新しい命が宿っている。

調査報告書をつかんだ剛の手が震えている。

私が口にするまでもなく、紀子の幸せな生活ぶりは写真だけ見ていても感じ取れるだろう。

「あの女は妊娠してるのか」

写真を見ていた剛が怒気を含ませた口調で言った。

そうだ――納得はできないだろうが、紀子のお腹には君の弟がいる。

だが、それは言わないでおいた。

「来月に出産予定だそうだ」

紀子のお腹に宿っているのは男の子だそうだ。充弘や常連客たちとどういう名前にしようかと、幸せそうに語り合っていた。

剛にとっては知りたくない事実だっただろう。自分の弟を無残な形で殺した母親が幸せに暮らしていることを。そして、自分の犯した罪に懲りずに、また新しい命を育《はぐく》もうとしていることを。

「君の協力のおかげでずいぶんと彼女を捜すのが楽になった。成功報酬は最低金額の五万円でいいよ」

私はそれだけを告げるのが精一杯だった。

「佐伯くん、ちょっと」

間仕切りの外から木暮が私を呼んでいる。

「ちょっと失礼」

私は剛に断って、木暮のもとに向かった。

「あの青年にオプションを勧めてみたらどうかな」

木暮が言う。

「オプション？」

怪訝《けげん》な思いで訊き返した。

「早見さん、まだ金額的に余裕があるようだしオプションを追加してみませんか」

木暮が剛に声をかけた。

「オプション……」

剛も訝《いぶか》しそうな表情で木暮を見上げる。

「普通の探偵事務所だとね、調査対象者の所在を確認したり素行を調べて報告するだけなの。でもね、うちではもっといろんなサービスをやっていてね、依頼人がより求めていることをしてあげられますよ。もちろん金額は応相談でね」

木暮が口ひげを撫《な》でながら、得意げになって言う。

「ぼくが求めていること……」

剛が呟《つぶや》いた。

「早見さんはこの女性の今を知っただけで満足できたの？　本当は何を求めていたのさ。これからあなたひとりでできることなの？　私たちが協力するよ」

木暮がさらに煽《あお》る。

「所長、何言ってるんですか。いい加減にしてくださいよ！」

私は木暮を睨《にら》みつけた。

「佐伯くんさぁ、うちにどんだけの依頼が入るっていうの。たまに来た依頼人に最大限のサービスを提供して少しでも金を落としてもらわないと、うちみたいな弱小はすぐにつぶれちゃうんだよ」

木暮が小声で耳打ちする。

私みたいな人間をここで雇ってくれているのはありがたいと思うが、たまにこの男の鼻っ柱を殴りつけてやりたいという衝動にもかられる。

「何を……何を求めているかなんてわからない……」

剛が絞り出すように言った。

「あなたたちに想像できますか。閉じ込められた部屋の中で三歳だったぼくは泣くことしかできなかった。弟の翼はもっとそうです。最初はずっと泣いていた。だけど、やがて泣き声がかすれていって、首を動かすことすら困難になった。ぼくは必死に泣いた。

それしか方法がなかったから。だけど、誰も助けに来てくれなかった。何とかして部屋の鍵《かぎ》を開けようとしたけど、幼いぼくにはそれもできなかった。気がつくと翼はぴくりとも動かなくなった」

剛が声を詰まらせる。遠くを見つめた。暗い瞳《ひとみ》からうっすらと涙がにじんでいく。

剛のことを見ているのがつらかった。

だが、目をそらさないのは、探偵という仕事で金を得ている自分に課せられた責任なのだ。

私が調査したことによって、だれかが苦しむ。だれかが不幸になる。

「ぼくは日に日に腐っていく翼を見つめながら過ごした。死臭が充満する部屋の中で硬い生米を食べて、生米がなくなったらそこらへんに放られていた雑誌をかじりながらなんとか生き延びた。だけど、ぼくは生き延びたけど……あのときの弟の泣き声や、ぴくりとも動かなくなって干からびていく弟の姿が、いつまで経ってもぼくの記憶から離れない。食事をしているときも、寝ているときも、恋人と一緒にいるときも、弟を救えなかったという罪悪感がぼくを苦しめるんだ」

剛はむせび泣いていた。

「なぜ、前畑紀子の所在を調べようと思ったんだ」

私は訊《き》いた。

「ぼくには一年前から付き合っている恋人がいます。とても大切な人です。誰ひとり肉親のいないぼくを支えてくれている。二週間前にその彼女から妊娠していると告げられたんです。ぼくは彼女といつか家庭を持ちたいと思って付き合っていました。だけど、妊娠を告げられた瞬間、怖くなってしまったんです。自分に子供なんて育てられるんだろうかって。よく言われてるじゃないですか……親の愛情を受けないで育った子供は、自分の子供に対しても愛情を注げなくなるって。そんなときにこの探偵事務所のチラシを目にしたんです」

剛が一刻も早く紀子の所在を調べてくれといったのはそういうことだったのか。

だが、紀子を見つけたとしても、残念ながら彼の悩みが解消されるとは思えない。

「ぼくが一番求めているのはあの女への復讐《ふくしゅう》です。弟を殺して、ぼくをこんな風にしたあの女が幸せになるのは許せない。自分がやったことの罪を忘れて、幸せになろうとしているあの女が許せない。あの女が社会の底辺で不幸になっているか、どこかでのたれ死んでいたとしたらこの気持ちは癒《いや》されたかもしれない。だけど……」

「手っ取り早い復讐というと——前畑紀子の過去に犯した事件を周囲の人たちにばらすというのがありますね。旦那や周囲の人たちに新聞記事のコピーをばら撒《ま》くとかね。ただ、法律に抵触する可能性があるからそれなりの金額がかかりますが」

木暮の提案を聞いて、私は眉《まゆ》をひそめた。

「そんなことであの女の罪が帳消しになるとでもいうんですか！」

剛が叫び声を上げた。

彼は今ごろ何を思っているだろう。

剛はけっきょく答えを出せないまま、力なく帰っていった。

彼のやるせない思いは、私には痛いほどよくわかる。

犯罪の被害に遭った者にとって、最も苦しいのは、加害者が幸せに暮らしていると知ったときだ。加害者が自分の犯した罪をこれっぽっちも反省していないと悟ったときだ。

そんなときは、憎しみの焔《ほのお》にさらに油を注がれたように、心の中が激しく暴れだすのだ。

ちょうど、今の私のように――

目の前のパソコンにはあるホームページが映しだされている。最近オープンしたラーメン店のホームページだ。

オープンしたばかりだが、店は繁盛しているようだ。ホームページの掲示板にも多くの書き込みが寄せられている。店主はホームページの中で、客を感動させる料理を作るためにどれだけの苦労をしているのかを謳《うた》っていた。

感動――その言葉を見て、はらわたが煮えくり返る。

トップページには、店の前で自信満々な顔で立っている店主の写真が載せられていた。

田所健二――

私のたったひとりの姉を殺した仲間のひとりだ。

探偵事務所で働き始めてから、私は仕事の合間にゆかりを殺した奴らの行方を捜していた。そしてようやくその中のひとりである田所の所在をつかんだ。

やっと見つけたぞ――

私は画面の中の田所の写真を睨みつけていた。

おまえはほんの少しばかり刑務所に入っていたことがゆかりへの罪の贖《あがな》いだと思っているのか。それで何事もなかったようにこれから大手を振って生きていくつもりか。そんなことは絶対に赦《ゆる》さない。

この男をどうしてやろう……

携帯電話の着信音で我に返った。気づくと、田所の写真に指を向けていた。木暮が私に向けてよくやる癖だ。

「オプションを頼みたいんですけど」

電話に出ると、抑えつけた声で剛が言った。

「何をすればいいんだ」

私は訊いた。

「あした一日、ぼくのことを尾行してほしいんです」

「どういうことだ」

「あした、あの女がどういう生活をしているのか見てくるつもりです。だけど、あの女を目にしたら何をしでかすか自分でもわからないんです」

「君が何かしでかしそうになったら止めればいいのか」

「いえ、あなたに見られてることはわかってる。ぼくはあした一日自分の気持ちと闘います。そのうえで起こすことなら放っておいてもらえませんか」

「わかった……」

私は電話を切った。


翌朝、私は深谷《ふかや》市にある会社の寮の前で剛が出てくるのを待った。

八時過ぎに剛が出てきた。一瞬、私の存在を確認したが、それ以降は私のことを気にとめる様子もなく駅に向かっている。

私は十メートルほどの間隔を空けながら剛の後をついていった。

何だか変な気分だ。尾行しているのに気づかれていながら尾行を続けるというのは私にとっても初めての経験だった。

剛は深谷駅から電車を乗り継いで経堂駅に降りたった。まっすぐに紀子が暮らしているマンションに向かう。

缶コーヒーを飲みながら周辺を徘徊《はいかい》する。そして時折マンションのベランダに目を向ける。何時間もそんなことを繰り返した。

彼は何を考えているのだろう。

自分の気持ちと闘うと言った。あの女に復讐してやりたいとも言っていた。

きょう一日がどんな形で終わるのか、私は不安を抱きながら剛を見守っている。できれば、彼には不幸になってほしくない。

マンションのエントランスに目を向けていた剛の表情が変わった。紀子が出てきたのだ。大きなお腹を抱えながらゆっくりと駅のほうに向かっていく。剛は紀子と間隔を空けて歩き始めた。さらにその後ろに私は続いた。

紀子は駅の近くにある産婦人科の病院に入っていった。剛は道路の反対側から病院の看板を見つめている。

病院から出てきた紀子は駅前の大型スーパーに立ち寄った。子供服売り場を眺めたり、ベビーカーを見たりしていた。

さすがにここでうろうろしていると怪しまれてしまうと思ったのだろう、剛は紀子からかなりの距離を置いている。

紀子は一階にある喫茶店に入った。しばらくすると、充弘がやってきて紀子の向かいに座った。母子手帳を見せながら、ふたりで楽しそうに語り合っている。

剛は少し離れた席でコーヒーを飲んでいた。私とも少し距離があったが、剛の視線の先に映るものがわかった。

剛はじっと紀子の膨らんだ腹を見つめている。

無表情だった。

何を考えているのだろう。母親の胎内にいるときの温《ぬく》もりを想像しているのだろうか。

それとも弟の翼を身ごもっていたときの母親の記憶を思い出しているのだろうか。そんな感傷などまったく存在しない、憎悪だけを抱えているのだろうか。

今の私には、剛が何を考えているのか察することはできなかった。

紀子と充弘は喫茶店を出て一緒に食材などを買い込むと『ダーツバー・レッグ』に入っていった。

開店時間は六時だ。時間つぶしのためか、剛は近くにあるラーメン屋に入っていった。

だが、食欲はなさそうだ。箸《はし》をつけていない丼を見つめながら、剛は何かを考え込んでいる。

七時になって剛が『ダーツバー・レッグ』に入っていった。私は十分ほど時間を空けてから店に入った。

剛はひとりでテーブル席に座っていた。ビールを飲みながら、客が楽しむダーツをぼんやりと見つめている。

カウンターに座って、紀子と対峙《たいじ》することにためらったのだろう。

「佐伯さん、こんばんは」

マスターの充弘が声をかけてきた。

何日も続けて店に来ていたから顔と名前を覚えられていた。

私はカウンターに座ってビールを注文した。

カウンターにはこの前来たときにもいた常連客が五人座っていた。紀子と充弘を囲んで楽しそうに話している。話題はあいかわらず紀子の生まれてくる子供についてだ。大声で話しているので、剛の耳にも届いているだろう。

剛がどんな様子でいるのかが気になったが、あまり視線を向けると不自然なので我慢した。

紀子がカウンターから出て、剛が座っているテーブルに向かった。

私はさりげなく振り返った。

グラスが空になった剛に新しい注文を聞きに行ったようだ。

私だけが感じているのだろうが、その光景を見ていると、張りつめた空気で息苦しさを覚える。

だが、剛の挙動におかしなところはなかった。普通に、もう一杯ビールを注文した。

三十分ほどすると、椅子をずらす音がした。剛が立ち上がってカウンターの横にあるレジに向かう。

財布を取り出して紀子に金を支払った。

「ありがとうございました。またいらしてください」

紀子が笑顔で言った。

剛が紀子の腹に指を向け、一言二言何かを話した。

その瞬間、紀子の表情がこわばった。蒼白《そうはく》になった顔を剛に向ける。

だが、剛はそんな紀子の視線を無視するように店を出て行った。

紀子は手で腹を押さえながらその場にうずくまった。

「どうした」

紀子の様子にただならぬものを感じたのだろう、充弘が心配そうに声をかける。

周りの常連客も心配そうに紀子を見つめた。

紀子は吐き気を催したようで、口に手を当てながらトイレに駆け込んだ。

私はチェックをして店を出た。

経堂駅前で剛が立っていた。近づいてくる私を見つめている。

「彼女に何て言ったんだ」

私は訊《き》いた。

「生まれてくる子供が男の子なら、間違いなく翼の、弟の生まれ変わりだろう――って」

剛が静かに答えた。

私は剛を見つめた。

彼女にとっては残酷な言葉かもしれない。生まれてきた子供を見るたびに、自分が死なせた翼のことをきっと思い出さずにはいられなくなるだろう。紀子にとって、長い長い償いの日々がこれから始まるのだ。

「翼のことをあの女に忘れさせせない――これがぼくの復讐《ふくしゅう》です」

その復讐は、だれにも責める権利はない。

「今日のオプションの代金はあしたにでも振り込みますよ」

「これはサービスだ」

私は答えた。

「さっき、恋人にメールをしてこれから会うことにしました。伝えたいことがあるから……」

私は剛の瞳《ひとみ》を見つめた。

濁りのない瞳には、これから父親になろうという決心がみなぎっている。

「もう会うこともないでしょうけど、ありがとうございました」

剛が頭をさげて、改札の中に入っていく。

私はもう一杯飲みたくなって、駅前の繁華街の中に溶けていった。

第三章　形見

ラーメン店から黒いジャンパーを着た男が出てきた。

それを目撃した私は、テーブルに置いてあった伝票を取ってレジに向かった。急いでファミリーレストランを出ると、反対側の歩道を歩く男の後ろ姿を捉《とら》えた。

男は通りを駅のほうに向かって歩いていく。

私は反対側の歩道からゆっくりと男の後を追った。腕時計を見る。夜の十一時を過ぎていた。

今日はひさしぶりの休日だった。私が勤める探偵事務所には特に休みというものはない。休めるのは、依頼が、仕事がないときだけだ。もっとも、仕事がないときでも客待ちのために事務所にはいなければならない。所長の木暮は人使いが荒いのだ。

今度はいつ休みを取れるかわからない。今日こそは、あの男——田所健二がどこに住んでいるのかを突き止めるつもりだ。

田所は駅前にある銀行に立ち寄った。夜間金庫に売上げが入っているらしいセカンドバッグを預けると、武蔵境《むさしさかい》駅に入っていく。

中央線の車内は酔客が吐くアルコールの臭いが充満していた。

田所は吊《つ》り革《かわ》につかまって漫画雑誌を読んでいる。私は田所から顔をそむけ、窓に映る田所を睨《にら》みつけていた。

姉のゆかりを殺した男が私の目の前にいる。

爆《は》ぜそうになる感情を抑えつけるのに必死だった。

あの事件を起こした当時十七歳だった田所は今年で三十二歳になっている。角刈りにした頭と、たるんだ腹まわりから四十代に見える。

私の姉を殺した男が、漫画を読みながら笑っている。

吉祥寺《きちじょうじ》駅で田所は電車を降りた。

私は人波にまぎれて、田所の後を追って駅の外に出た。田所が駅前の雑居ビルのエレベーターに乗った。停止階とビルの看板を確認する。田所は四階にある『レディージョーカー』というキャバクラに入ったのだろう。

私はエレベーターのボタンを押した。キャバクラに入って男性従業員の誘導で席につくと、薄暗い店内で田所の姿を捜した。少し離れた席に田所がいる。三人のキャバクラ嬢に囲まれて、テーブルには高そうな酒が置いてあった。

「いらっしゃいませ」

私の隣にはるかと名乗る女性が座った。

薄い水割りを飲みながら、はるかと取り留めのない世間話をする。

はるかに顔を向けていても、意識はつねに田所のほうを向いていた。

「佐伯さんってお仕事は何をしてるの？」

はるかが訊《き》いた。

「公務員」

私が答えると、はるかが「何の公務員？」とさらに訊く。

「警察官」

私が言うと、はるかが「うそー」と笑った。

ふたりの間でこの話は冗談になった。

「あのお客さんは羽振りがいいんだね」

田所のほうに顎《あご》をしゃくった。

「ああ、田所さん……武蔵境でラーメン屋さんを経営してるの。けっこう流行《はや》ってるみたいで雑誌とかにもよく出てる」

「へえ、有名人なんだな」

私は田所に冷たい視線を送った。

「でも、私はあの人のこと、ちょっと苦手なんだ」

「どうして？」

「だって、金があれば女を抱けると思ってるんだもの」

「そうなんだ」

男性従業員がやってきてもうすぐ閉店だと告げた。私は財布を取り出してチェックをした。田所を見るとソファで待っていた。しばらくすると、私服に着替えたさきほどのキャバクラ嬢が田所のもとに向かい、ふたりで店を出ていった。これからアフターをするのだろう。

「佐伯さんは彼女いるの？」

「いや、いない」

「私、佐伯さんみたいな人タイプだよ」

と、はるかが手を握ってくる。

「ありがとう」

私は、はるかを見て微笑んだ。

「また遊びにくるよ」

私は立ち上がって店を出た。

「いやあ、静岡からわざわざお越しいただいたんですか」

所長の木暮が身を乗り出して訊いた。

私は目の前に座る女性を見つめた。依頼人は松原弥生《まつばらやよい》と名乗った。調査依頼書には三十四歳とあるが、もう少し老けて見える。だが、けっして老け顔なわけではない。化粧っけのない蒼白《そうはく》な顔と、地味な服装がそう見せているのだ。

「静岡はいいところですね。私も若いころはよく行ったんですが、最近あまり行ってなくて」

木暮は地方での調査が入るとたんに目を輝かせる。いつもは私ひとりに調査を押しつけるのに、地方での調査だと木暮もついてくるのだ。もちろん仕事などしない。依頼人が払う必要経費を使って、その地の歓楽街で飲み歩いているだけだ。

「調査対象者は松原文彦《ふみひこ》さんとのことですが、お身内の方ですか？」

木暮の暴走が始まる前に、私は訊いた。

「いちおう、弟です……」

弥生の忌々しげな口調が気になった。

「弟さんの行方を捜すために、何か手掛かりのようなものはありますか」

私が訊くと、弥生がハンドバッグの中から封筒を取り出した。

「一年ほど前に親戚《しんせき》に出してきた手紙です。おそらくここにいるのではないかと思います」

私は封筒を受け取って差出人を見てみた。埼玉県飯能市《はんのう》——とある。

「関東にある探偵事務所に頼んだほうがいいと思ってインターネットなどで調べてこちらに伺いました」

横から木暮が封筒を覗《のぞ》き込んできて、私にしか聞こえないため息を漏らした。出張旅行はお預けだ。

「こちらの住所は訪ねてみましたか」

「いえ、行ってません」

私は弥生を見つめた。

住んでいる場所がわかっているならわざわざ金を払って探偵を雇う必要などないのではないか。

「会いたくないんです」

私の疑問を察したのだろう、弥生が言った。

「伝えたいことはありますが、会いたくはないんです」

「会いたくない？」

弥生が唇をきゅっと結ぶ。

「私の母は末期がんで余命いくばくもない状態です。掛川《かけがわ》市内の病院に入院してますが、弟にそのことを伝えて病院まで連れてきてほしいんです」

「ですが、そういう事情でしたら、他人である私たちが言うよりもお姉さんから伝えたほうが……」

「佐伯くん、いいじゃないか。私たちから伝えてさしあげたら」

木暮が横やりを入れる。

「ではですね……捜索の基本料金として三十万、プラス成功報酬と、掛川の病院まで同行するオプションと実費で、だいたいこれぐらいになりますね」

木暮がテーブルの上で電卓を打って弥生に示す。

私はじっと弥生を見つめていた。

「弟と会うのがおぞましいんです」

弥生が吐き捨てて、ハンドバッグから紙を取り出して机の上に置いた。新聞記事のコピーだった。

「失礼します」

私は紙を手に取って、さっと目を通した。

十五年前に静岡県沼津《ぬまづ》市内で起きた強盗殺人事件の記事だ。ひとり暮らしの女子大生の部屋に男が侵入し、女性を暴行した末に殺害して金品を奪って逃走した。犯人は近隣の高校に通う十八歳の高校生だ。新聞記事では少年Aとなっている。

どうして弥生が、関東圏内にたくさんある探偵事務所の中から、わざわざこんなちっぽけなところを選んだのかを理解した。

この探偵事務所では浮気調査や失踪《しっそう》者の所在調査の他に、犯罪前歴者の追跡調査というのを請け負っている。これは木暮のアイデアで、事務所のホームページでも大きく宣伝していた。

記事を見ながら苦々しい思いが込み上げてくる。私は顔を上げた。

「弟です……」弥生が呟《つぶや》いた。「弟の文彦は警察に逮捕されて裁判を受けました。懲役十二年の刑を受けて埼玉県内にある少年刑務所に入りました」

文彦は、姉のゆかりを殺した者たちと同様に、家庭裁判所から検察に逆送されたのだろう。

「五年ほど前に文彦が仮釈放されるということで私や母のもとに身元引受人の依頼がありましたが拒否しました。私が文彦を刑務所から出すことをかたくなに拒絶したからです」

身元引受人がいなければ仮釈放の申請はおりない。文彦は満期まで刑務所に服役することになったのだろう。

だが、弥生が身元引受人の依頼を断った気持ちも理解できる。

十五年前ということは、文彦の餌食《えじき》になった女子大生というのは弥生と同世代だ。たとえ弟であっても、女性を暴行して殺した男を許せなかったのだろう。

「母は自分の命がもう短いことを悟っています。あの事件が起きてからの十五年間、母も私も本当に苦しみました。どうして今さら文彦に会いたいなんて言うのか私にはまったく理解できません。でも、それが母の最後の望みだからしかたないです」

「ラクな仕事じゃないか」

木暮が私の肩をぽんと叩《たた》いて言った。

「ラク……ですか」

私は憂鬱《ゆううつ》な気持ちを隠すことなく答えた。

「一年前の調査対象者の所在はわかってるだろ。仮に今はそこにいなかったとしても、辿《たど》っていくのはそんなに困難じゃないはずだ」

たしかに木暮の言う通り、文彦の現在の所在を確認するのはそう難しくはないかもしれない。問題は文彦の所在を確認してからだろう。母親が余命いくばくもない状態だと話したとしても、文彦は素直に母に会いに行くだろうか。

文彦は親戚への手紙で、金の無心をしていた。身元引受人にすらならない母や弥生に頼んだとしても無駄だと思ったのだろう。文彦はそんな肉親に対して恨みの気持ちを抱いているかもしれない。

それ以上に文彦という人間と対面しなければならないことに激しい嫌悪感がある。

文彦は、姉のゆかりを殺した犯人たちと同じ種類の人間であろう。

私は鬱々とした気持ちを引きずりながら、車のキーを取って事務所を出た。

雑居ビルの階段を下りていく。郵便受けが並んだ出入り口を見て立ち止まる。郵便受けを見つめていた女性が振り返った。

遠藤りさだった。

りさの目を見た瞬間、私の頬に鈍い痛みがよみがえってくる。

細谷博文の裁判を傍聴しに行ったときに、りさに頬を叩かれた痛みだ。

あのとき、りさに私の名刺を渡した。りさはすぐに破り捨てたが、探偵事務所の名前は覚えていたようだ。

私にいったい何の用だろう。

「少しお時間はありますか？」

りさが言った。

丁寧な言葉を使っているが、あのときの私に対する敵意は変わっていないようだ。

「やっぱりお父さんを殺した奴のことを調べたいのか。だけど、ぼったくられるからこの事務所に頼むのはやめたほうがいいな」

「ちがいます」りさが射すくめる。「彼に頼まれて来たんです」

駐車場までの道のりを歩いた。りさは私の半歩後ろをついてくる。

「彼に会いに行ってもらえませんか」

りさの言葉を聞いて足を止めた。

彼とは、坂上洋一のことだろう。

私に対する復讐《ふくしゅう》の方法でも思いついたのだろうか。

「悪いが、これから仕事があるんだ」

私は駐車場に入って事務所の車であるカローラに向かった。

「逃げるんですか」

「逃げる？」

私はりさに顔を向けた。

「あなたは仕事として彼に近づいただけなのかもしれないけど、まったくの傍観者じゃない」

傍観者じゃない──りさに言われるまでもなく、そんなことはわかっている。

「あなたが細谷さんに言った言葉は法律で罰せられることではないかもしれない。でもあなたは目をそらしてはいけないんじゃないですか。今の彼の姿を。これからの細谷さんの姿を。それを見ないで自分はただ仕事をしただけだなんて思うのは卑怯《ひきよう》よ」

りさが、私のことを逃すまいという目で言い放つ。


車内には重苦しい沈黙が漂っていた。

りさがハンドバッグから携帯電話を取り出してどこかに電話をかける。

「洋一……私……これから佐伯さんを病院に連れていくから」

坂上に電話をしているようだ。

私はちらっとりさの横顔に目を向けた。

りさは電話で坂上の体調を訊《たず》ねたり、何かほしいものはないかと訊《き》いたりしている。

人を殺したという過去を知られていながら、ここまで恋人に思われている坂上のことが羨《うらや》ましくて、憎らしかった。

今の私にはそういう人はいない。私は孤独だった。

何度か恋愛もした。だけど、いつも長続きしない。相手のことを好きになればなるほど、私は逃げることを考えてしまうのだ。

なぜだろうと思う。

姉のゆかりの事件が私の心に大きな傷痕《きずあと》を残しているのだろうか。

相手のことを好きになればなるほど、失うことがどうしようもなく怖くなってしまう。

また大切な人を失う瞬間を目撃したくないから自分から手放してしまうのか。

大切な人を抱くと、姉のゆかりが死の間際に受けたであろう辱めを想像してしまって、体が反応しなくなってしまうこともたびたびあった。

それ以来、私は興味のない女しか抱けなくなってしまったのだ。

自分が寂しい人間だと自覚しているから、坂上のことが憎らしく感じる。


「ここです」

病室の前にたどり着くと、りさが言った。

私はノックをしてドアを開けた。

ドアを開けると、ベッドの上から坂上が銃口をこちらに向けている。

私が身を硬くすると同時に、パチッという音がして、額に痛みが走った。プラスチックの丸い小さな玉がリノリウムの床の上で転がっている。

「お返しだ」

坂上がふっと笑った。

私は笑う気にもなれず、ゆっくりと病室に足を踏み出した。

「りさ、ありがとう。もう帰ってくれ」

坂上がりさに告げる。

振り返ると、りさは潤んだ瞳《ひとみ》でドアを閉めた。

「おれに何の用だ」

私は坂上に言った。

「退屈だから呼んだだけだ。こんななりになったら誰も相手してくれない」

坂上が苦笑する。

「恋人に相手してもらえばいいだろう」

「りさはもう恋人じゃない。おれから別れを切り出した」

「馬鹿じゃないか」

私は言った。

「お荷物にはなりたくない」坂上が掛け布団に隠れた下半身を叩いた。「それでなくてもりさには病弱な母親がいる」

私は黙ったまま、坂上を見つめた。

「りさから聞いた。おまえが細谷健太の両親におれのことを赦《ゆる》すべきではないと言ったんだってな。おまえは、あのときのおれのどういうところを見れば赦せると思ったんだ」

坂上が訊いた。

私はすぐには答えられなかった。

「もっと違う言い方をしよう。おれはどうしたら細谷健太や両親から赦してもらえるんだろうか」

坂上の言葉が、私には意外だった。坂上は自分を刺して半身不随にした細谷のことを恨んではいないのだろうか。

「どうしておれにそんなことを訊くんだ？」

坂上がベッドの脇から封筒を取ってこちらに投げた。

封筒には文京総合探偵事務所と書かれていた。中にはファイルが入っている。ファイルを開いて、私は眉《まゆ》をひそめた。

十五年前のゆかりの事件の新聞記事のコピーが挟んであった。

「知人に頼んで調べてもらった」

「おれに直接訊けばただで済んだのにな」

「おまえに訊いたって、姉ちゃんが十五年前に男たちに陵辱《りょうじょく》されて殺されたなんてことは言わなかっただろう。この調査結果を見て、馬鹿な巡査がどうして検挙した暴行犯の口に拳銃《けんじゅう》を突っ込んだのかが理解できた。おまえの中にはおれたちのような犯罪者に対する憎しみがあふれているんだろう」

「それがどうした」

「おまえはおれに見えない銃を向けて引き金を引いた――」

そうだ。私は心の中でこの男に銃を向け、引き金を引いた。

「おまえならさっきの質問に答えられるんじゃないのか？」

「残念だが、おれに訊いてもその答えはでない。機会があったら細谷さんに訊くんだな。おれならば、大切な人を奪った奴らはどんなことがあっても赦さない」

「細谷の親父さんから依頼があった時点で、おまえの答えは決まっていたのか？」

坂上が私を見つめてくる。

「そうかもな――」

私は頷《うなず》いて、病室を出ていった。

病室を出ると、ドアの近くで立っていたりさと目が合った。

「立ち聞きするつもりはなかったけど……」

りさが呟《つぶや》いた。

「あなたの心の中はいつも憎しみの焔《ほのお》で満たされているんですか」

りさが見つめる。まっすぐな視線だった。りさの目を見ていると、その後に私に言いたいであろう言葉が想像できる。

あなたは哀しい人ですね――きっと、そう言いたいのだろう。

だが、りさは私を見つめたまま、その言葉を口にはしなかった。

私はりさの視線を避けるように病院の出口に向かった。

私はざらついた気持ちで車に乗ると埼玉県の飯能市に向かった。

手紙の差出人の住所は飯能駅から車で十分ほど行ったアパートだった。

アパートの前の道路に車を停めて、見上げる。築年数のかなり経った古びた建物だ。このアパートに今でも文彦は住んでいるのだろうか。

私は車から降りて、一階に備えられている郵便受けを見た。手紙に書いてある二〇二号室には『菅井《すがい》』とある。

私は階段を上って二〇二号室のブザーを鳴らした。何度か鳴らした後、ドアが半分開いて寝ぼけ眼の男が顔を出した。

「なに?」

三十代後半と思《おぼ》しき男が怪訝《けげん》な顔つきで訊いた。

私は現在の文彦の顔を知らない。弥生から見せてもらったのは、十五年以上前の写真だ。目の前にいる人物が文彦である可能性も否定できない。

「こちらに松原文彦さんという方はいらっしゃいますか」

私が訊くと、男は首を振った。

「あんた、松原の知り合いか」

男が訊き返す。どうやらこの男は文彦ではないようだ。名前を訊ねると菅井と名乗った。

「松原さんの肉親の方から彼のことを捜してほしいと頼まれまして」

私は正直に話し、文彦が親戚《しんせき》に送った手紙を管井に見せた。

「半年前までここに住んでいたけど追い出したよ」

管井が言った。

「失礼ですが、松原さんとはどういうご関係なのでしょうか」

私が訊《き》くと、管井は少しためらったように言葉を濁した。

「もちろん、あなたにご迷惑をおかけすることは絶対にありません」

管井はしかたがないなという表情で口を開いた。

管井と文彦は更生保護施設で知り合ったそうだ。更生保護施設とは刑務所や少年院を出たものの、身元引受人や帰るところがない人たちを一時的に保護する施設だ。

管井は施設に入所中に仕事先と住むところを得ることができたが、施設に入所できる期間は半年ほどだというのに、文彦にはなかなか住むところも仕事も見つからなかったため、一時的にこの部屋に来てもいいと言ったのだそうだ。

「だけどさ、あいつはいっこうに仕事を探そうともしないし、それどころかおれの財布から金をくすねたりしたから追い出したんだ」

「今、彼はどこにいるんでしょう」

「さあね、噂によると蒲田《かまた》あたりのネットカフェを徘徊《はいかい》しながら日雇いの仕事をしてるらしい。本人に訊いてみればいいじゃない」

と言って、管井は文彦の携帯電話の番号を教えてくれた。

「今でも使っているかどうかはわからないけどな」

「彼の写真なんかはありませんか」

私が訊くと、管井が部屋の中を探してくれた。戻ってきて一枚の写真を差し出す。どこかの飲み屋で撮った写真のようだ。

写真を見た瞬間、背中が不快に粟立《あわだ》った。

写真の中から文彦が睨《にら》みつけてくる。世を拗《す》ねきって、何ものかを憎悪している目だ。写真からでもこの男の粗暴さが見て取れる。弥生から預かった少年の頃の写真からでは面影すらも見当たらない。

「必ずお返ししますので、少しお貸しいただいても……」

「あんたにやるよ。必要なくなったら捨ててくれ」

私は管井に礼を言って車に戻ると、さっそく文彦の携帯電話にかけてみた。つながらなかった。


文彦の電話がつながったのは一週間後のことだ。

私は蒲田駅の近くにいた。この一週間、蒲田駅近辺のネットカフェを徘徊しながら文彦の姿を捜していた。

「私は佐伯といいます。探偵事務所の者で、お姉さんからのご依頼を受けてあなたを捜していました。お会いできませんか」

私が言うと、文彦は蒲田駅近くの別のネットカフェに来いと指定した。

文彦が指定したネットカフェに行き、個室の扉をノックすると、内側からドアが開いた。

「悪いけど金貸してくれねえかな。じゃなきゃ、ここから出られねえんだ」

ソファを反転させた文彦が睨《ね》めつけるように私を見る。苦手な視線だった。警察官時代に何人もの人間と交錯させてきた視線に似ている。

文彦の濁った目を見て、弥生から受けた依頼を遂行するのはかなり困難だろうと感じた。

私は文彦に二万円を貸した。文彦はその金でネットカフェの料金を支払い、私と一緒に店を出た。

「今頃おれに何の用だっていうんだ」

夜の繁華街を歩きながら文彦が言った。

「とりあえず、どこか店にでも入りませんか」

私たちは居酒屋に入った。

「あなたのお母さんは末期のがんに罹《かか》っているそうです」

ビールをひと口飲んで、私は切り出した。目の前の男の反応を窺《うかが》うが、文彦はうまそうにビールを一気に飲み干し、お代わりを注文した。母親が余命わずかだと知った悲しみは少なくとも表面的には感じられなかった。

「最後にあなたと会いたいというのがお母さんの希望です。一緒に掛川市内にある病院に行っていただけませんか。もちろん費用はこちらが、いや、お姉さんが負担します」

私の話を聞いて、向かい合った文彦はせせら笑った。

「そのためにあんたが雇われたってわけか」

「そういうことです」

「あんたみたいなのに仕事を依頼するといったいいくらぐらいかかるんだ」

「それなりの金額がかかります。それほどお母さんの最後の希望を叶《かな》えたいということでしょう」

私は弥生の質素な身なりを思い出しながら言った。

「そんな金があるならその金を持ってきてあいつが直接おれに頼めばいいじゃねえか」

「そうすればお姉さんの頼みを聞くんですか」

「今のおれは金のためなら何だってやるさ」

悪びれた様子もなく文彦が言う。

文彦と対峙《たいじ》していると、たとえ仕事であっても胸糞《むなくそ》が悪くなってくる。この男の心の中に、どれほどの罪の意識があるのだろう。被害者の女性を殺した罪の意識が、その遺族や、弥生や自分の家族を苦しめている罪の意識がこの男には欠如している。それとも虚勢を張っているだけなのだろうか。

「これだけ迷惑をかけているお姉さんからさらに金を搾り取らなければならないほど生活に困ってらっしゃるようですね」

私はあえて挑発するようなことを言った。

文彦が一瞬、私を睨みつける。だが、すぐに自虐的な笑いを浮かべた。

「そりゃそうさ。住むところもなけりゃまともな仕事なんか見つかりっこない。あいつらも、あのときおれの身元引受人になってくれてりゃよかったんだ。そうすればおれももっと早く刑務所から出られて、まともな仕事を見つけてたかもしれないのに」

文彦の目に宿った憎悪の正体がわかった。だが、文彦の怒りは筋違いなものだ。この男は自分のことしか考えていない。

文彦の母親は彼に会ってどうしたいというのだろうか。自分の死期が迫る中でこんな息子にどんなことを伝えたいと思っているのだろうか。

「こんな生活をしてると刑務所が恋しくなってくる。あそこにいると飯のことや宿のことを考えなくて済むからな。そのうちにまた新聞におれのことが載るかもなってあの女に言っとけよ」

文彦が吐き捨てた。

蒲田から自宅アパートがある川越に戻った。部屋にたどり着くなり激しい徒労感がこみ上げてきて、私はベッドの上に倒れ込んだ。

そのうちにまた新聞におれのことが載るかもなってあの女に言っとけよ——

母親や姉に筋違いな憎しみを抱いている文彦の言葉を思い出した。

私はポケットの中から写真を取り出した。菅井から預かったものではなく弥生から渡されたかなり昔の写真だ。どこかの公園らしい。弥生とふたりで写っている文彦は今の形相とはまったく違い朗らかな笑みを浮かべている。

ふたりはどんなきょうだいだったのだろう——

弥生と対面したときに少しだけゆかりのことが頭に浮かんだ。

ゆかりが生きていれば、弥生と近い年齢になっている。どんな女性になっていただろうかと弥生を見ながら想像していた。

私はベッドから起き上がってタンスに向かった。引き出しを開けてひさしぶりにそれを取り出してみる。

ウサギのキーホルダーだ。

十七歳の誕生日にゆかりに買ってあげたものだ。

いつも喧嘩《けんか》ばかりしていた。ゆかりにとって私はいつも減らず口を叩《たた》く憎らしい弟だっただろう。私にとっても姉はいつも口うるさい存在だった。このキーホルダーをあげたときも「センスないわねえ」と憎まれ口を叩かれた。だけど、いつも肌身離さず持っていて、クラスやクラブのみんなに自慢していたことも私は知っている。

きょうだいとは——血のつながりとはそういうものなのかもしれない。

あの頃はゆかりと特に話がしたいなんてことは思わなかった。いつでも話ができるのが当たり前だったからだ。

今は——無性にゆかりの声が聞きたい。

もし、ゆかりが目の前にいたら、私はどんなことを話すだろうか。

そんなことを考えるのは馬鹿げたことだろうか。

十五年前のあの日から、ゆかりと話すことはどんなに願っても叶わないことになっているのだ。

だけど……弥生と文彦は違う。今の文彦と対面したら弥生はきっと激しい嫌悪感を抱くにちがいない。家族の関係を修復することも容易ではないだろう。

それでも……

翌日、弥生が探偵事務所にやってきた。

遠方に住んでいる依頼人なので、今日にでも弥生に電話をかけようかと思っていたところだった。

私は昨夜の文彦とのやり取りを詳しく弥生に聞かせた。

「弟さんを説得するのにもう少しお時間をいただけないでしょうか」

「いえ、もうけっこうです。あの依頼はなかったことにしてください」

弥生が首を振った。

「どういうことでしょうか」

私は訊《き》いた。

「三日前に母は亡くなりました」

弥生の言葉に、落胆がこみ上げてきた。もう少し早く文彦を見つけていたら、母親が死ぬ前に会わせられただろうに。

「そうなんですか……お葬式はもう」

「昨日、近親者だけで密葬を執り行いました……佐伯さんは何も気になさる必要はないんです」

私の心の内を見透かしたように弥生が言った。

「母には母なりの文彦への思いがあったんでしょうが、悪いのは文彦なんですから。私にも関係のないことです。私はもう文彦とは関わり合いになりたくないんです。先ほどの佐伯さんのお話を聞いてその思いがより強くなりました」

弥生の表情には弟に対する諦観《ていかん》が滲《にじ》んでいた。

「文彦を見つけてくださった成功報酬はお支払いします」

弥生がハンドバッグから封筒を取り出す。

「領収書は必要ですか」

隣から木暮が訊いた。

「いえ、けっこうです。どうもお世話になりました」

弥生が頭を下げて、立ち上がろうとした。

「それでいいんですか」

私は思わず言った。

「どういうことですか」

問い詰めるような視線でじっと見つめられて、私は戸惑った。

依頼人の事情に必要以上に立ち入るべきではないと考えている。依頼人である弥生がもういいと言っているのだから、探偵としてその意思を尊重すべきなのかもしれない。だけど、弥生の態度を見ていて強い違和感があった。

このまま弥生を帰してしまったら、私も弥生も後悔してしまうような気がしたのだ。

「お母さんは彼に何かを伝えようとしていた。そして、あなたはそれがどういうことであるかを理解しているんじゃありませんか？」

私が言うと、弥生の顔にさっと狼狽《ろうばい》の色が浮かんだ。

「あなたに何がわかるんですか！」

私は怯《ひる》まずに感情をあらわにする弥生を見つめた。

彼女の心の中に渦巻いているものをすべて受け止める覚悟だった。

「母は文彦を産んだ親の責任として、最後にそれを伝えようとしたんです。でも、私はあの子に対してそこまでの気持ちはありません。私があの子に対して感じるのは、家族としての責任ではなくて、憎しみだけです」

弥生が私を睨《にら》みつけながら吐き捨てた。

「文彦があの事件を起こしてからの十五年間は、私にとっても母にとっても地獄のような毎日でした。父はあの事件が起きる三年前に病気で亡くなっています。ですが、多少の貯金と家を残してくれていました。だけどあの事件が起きて我が家はすべてを失いました。私や母は被害者のご遺族や世間から責め立てられました。持ち家も貯金も被害者のご家族への賠償に充てました」

弥生の目頭が潤んでくる。積年の恨みを晴らすように私に訴えかける。

「事件を起こした張本人は塀の中に入って守られます。頑丈な壁が被害者遺族の憎悪や世間からの糾弾を遮ってくれます。だけど、私たちはその憎悪や糾弾を一身に浴びるのです。ただ家族というだけで。私たちは無一文になって人目を避けるようにして逃げ回る毎日でした。私は大学も辞め、弟が殺人者ということで恋愛することにすら怯《おび》えて、自分のすべての可能性を閉ざされてしまったんです。そんな弟のために私はこれ以上何を犠牲にしなければならないんですか」

犠牲――その言葉を聞いて、母親が文彦に何を伝えようとしていたのか、私にはわからなくなっていた。

私が考えているようなこととはまったく違うものかもしれない。

「あなたはご自分を犠牲にする必要なんかない。ただ、あなたの思いは伝えたほうがいいように思います。彼はあなたやお母さんが感じてきた苦しみや悲しみをわかっていない。被害者やその遺族がどれだけの苦しみと悲しみを味わったのか理解していない。彼自身が感じているのは自分自身が受けた痛みだけなんです。それをきちんと伝えられるのは、もはやあなただけなのかもしれない」

このまま文彦を放っておけば、また同じ過ちを繰り返してしまうかもしれない。

「そうかもしれませんね……」弥生は小さく息を吐いて頷《うなず》いた。「どんなに抗《あらが》ってもたったひとりの肉親であることには変わりありませんから」

私は、弥生の表情から心の変化を感じとった。

「母の形見分けをしたいので、何とかして文彦を私の住んでいるアパートに連れてきてください」

弥生が住所をメモして差し出した。

「彼に伝えます」

「文彦にとってはとても大切なものです」

弥生を見つめながら、私は頷いた。

弥生が事務所を出ていくと、木暮が私の肩を叩いた。

「佐伯くんも商売上手になってきたよねぇ」

木暮がにんまりとして言う。

「文彦を弥生さんのアパートに連れて行けばさらにオプション料金を請求できるもんね」

私は木暮の商魂に呆《あき》れてため息を漏らした。

ソファに座って文彦の携帯電話にかける。

文彦は最初のうちは私と会うことに抵抗していたが、何とか今夜蒲田で約束を取りつけた。

昨日行った居酒屋に入ると、先に文彦が飲んでいた。

「あんたもしつこいな。何だよ、どうしてもしなきゃいけない話って」

文彦が言った。

「三日前に、あなたのお母さまが亡くなられたそうです」

私が告げると、文彦はしばらく宙に視線をさまよわせていた。

「そう……まあ、人間はいつか必ず死んじまうからな……」

文彦が呟《つぶや》いた。

この男にとっても、やはり母親の死は大きなものなのだろうか。

「お姉さんがお母さまの形見分けをしたいと言っていました」

「形見分け？」

文彦が怪訝《けげん》な表情を浮かべて訊く。

「そうです。とても貴重なものだそうで、これは弟さんとふたりで分け合わなければいけないとおっしゃってました」

「どういうものなんだよ」

文彦が興味を持ったように訊いた。

「詳しいことは聞いていません。ただ、近いうちに掛川のお姉さんの家に来てくれないかということです」

文彦が思案するような顔をしている。

「明日、一緒に行ってみませんか」

「まあ、何かくれるっていうんならな、もらわなきゃな……」

文彦は自分を納得させるように答えた。

その夜は文彦が常宿にしているネットカフェにふたりで泊まった。文彦の気が変わって逃げられないためにだ。

狭い個室の中で、弥生が言っていた形見というのが何であるのかと考えた。金品ではないことは想像できる。だが、文彦にとっては大切なものだと言っていた。

それは何であるのか――

私は今の文彦の荒《すさ》んだ心を変えられるのではないかという期待とともに、得体の知れない不安も抱いていた。

翌朝、私は隣の個室で寝ている文彦を起こしてネットカフェを出た。

蒲田から品川駅に向かい、東海道・山陽新幹線に乗った。

昨晩、ネットカフェから弥生のもとに電話をしていた。弥生は昨日事務所を出てからその足で掛川に帰ったという。明日訪ねるつもりだと話すと、仕事を休んで家で待っているると言った。

文彦は車窓からの景色をぼんやりと眺めている。かつて住んでいたところとは違うが、おそらく文彦にとっては十五年ぶりの帰郷だろう。

車窓からの景色を眺める文彦の横顔を見ても、何の感慨も窺《うかが》えなかった。

掛川駅に到着すると、タクシーに乗った。運転手に弥生からもらった住所が書かれたメモを渡す。三十分ほど行ったところで車が停まった。

この近くだということで、私と文彦はタクシーを降りてあたりを見回した。メモに書かれたアパートを見つけた。粗末なアパートだった。この建物を見ていると、文彦をここに連れてくるために私たちにかけた費用がどれほど大きなものだったのかがわかる。

私は弥生の部屋の前に来てドアをノックした。しばらくするとドアが開いて弥生が顔を出した。

「どうぞ、お入りください」

弥生がうつむいたまま私に言った。

私は玄関に入った。振り向くと、文彦が玄関の前でためらっている。

「入りましょう」

私は文彦を促して玄関を上がった。部屋は六畳と台所だけの1DKだ。六畳間には両親の遺影が置いてあった。

弥生がちらっと、靴を脱いで部屋に上がる文彦に目をやった。

十五年ぶりの再会だ。

私は自分がここにいるべきかどうか迷った。だが、私がいなければ何かよからぬことが起きてしまうような気もした。

「形見って何だよ。早く見せろよ」

文彦が言った。

「先にお父さんとお母さんに手を合わせなさい！」

鋭い口調で弥生が言い返した。

弥生の激しい形相に、文彦が怯《ひる》んだ。叱られた子供のように心細げに口をとがらせる。

私と文彦は交互に両親の遺影に手を合わせた。

弥生と文彦が畳の上に座りながら向かい合った。私は少し下がったところからふたりのことを見ていた。

「これがお母さんが残した形見よ」

弥生が言って、ポケットから何かを取り出した。

私はそれを見て愕然《がくぜん》とした。

文彦も驚いたようだ。弥生から少し身を引いた。

弥生が握っているのは鞘《さや》に入った果物ナイフだった。

「ふざけるな！　どういうことだよ」

文彦が激昂《げっこう》する。

「黙って人の話を聞きなさい！」

弥生が鞘からナイフを抜いて、文彦の首筋に切っ先を向ける。

文彦の動きが静止した。

「お母さんが病院で亡くなった後、枕の下からこのナイフが出てきたの。そのとき、私はお母さんの考えていたことがはっきりわかったわ。どうして死ぬ前にあなたに会いたいと切望したか。あなたにわかる⁉」

弥生が強い口調で問い詰める。

「そんなのわかんねえよ。おれのことが憎くて殺したかったのか」

「お母さんはあなたのことを見たかったのよ。最後に、まともな人間になっているかどうかを確かめたかったのよ。だけど、もしあなたが今でも罪を犯し、人を傷つけるような人間であったなら、そう確信したなら、あなたを産んでしまった親の責任としてあなたを殺そうと思ったんでしょう。馬鹿よね。がん細胞に体中を侵されて、あんな細い手であなたを殺せるはずなどないのに。だけど、十五年間離れて暮らしていても家族だから、血を分けた息子だから、最後の最後まで自分の子供がやることに責任を感じていたのよ」

私は弥生を見つめた。

文彦にナイフの切っ先を向け、嗚咽《おえつ》を嚙《か》み殺しながら文彦に訴えている。

子供に、家族にナイフを向けなければならない関係はあまりにも悲しすぎる。だけど、時にはそうしてでも訴えなければならないこともあるのかもしれない。

「私はお母さんの形見を引き継いでいく。あなたはこれからここで私と一緒に生活をしていく。どんなに辛《つら》いことがあっても、逃げ出させない。人を傷つけて、刑務所に入ったほうが楽だなんて考えには絶対にさせない。そんなことしようものなら、私が家族の責任において、たったひとりの家族の責任において……あなたを殺すから」

文彦の胸には弥生の言葉はどう響いているのだろうか。

私には彼の背中しか見えないから、彼がどんな表情をしているのかわからない。

「あなたはひとりじゃない……」

弥生の呟きを聞いて、私は立ち上がった。

これ以上、十五年ぶりの家族の対面を邪魔したくなかったからだ。

第四章　盲目

窓から差し込んでくる眩《まぶ》しい光に私は目を細めた。

テーブルの上に置いてある温《ぬる》くなったコーヒーを飲み干す。ちょうどコーヒーポットを持ったウエイトレスが通りかかったのでお代わりを頼んだ。湯気のたった熱いコーヒーをひと口飲んで、ふたたび視線を窓の外に向けた。

極度の睡魔でぼんやりとしている視界の焦点を、大通りの向かい側にあるラーメン店に定めた。

私は探偵をしている。だからこうやって眠い目をこすりながら調査対象者の行動を監視することには慣れている。だが、この五日間は仕事とは関係なしに、ある男のことをずっと監視していた。

五日ほど休みがほしいと言うと、所長の木暮は訝《いぶか》しそうな目で私を見つめ返してきた。私が勤める探偵事務所には有給休暇などという洒落《しゃれ》たものはない。従業員は私と、事務員をしている染谷というおばさんだけだ。だから、私が休むと事務所が抱えている調査がいっさいできなくなる。だが、ありがたいことに、この一週間ほど依頼人も現れず、仕事もないという状態だった。

木暮はしばらく考え込んでから、「休んでいる間は給料から天引きするけどいいの?」と訊《き》いてきた。ただでさえ安い給料の中から、五日ぶんの日給を引かれるのはたしかに厳しいが、私はそれでいいと了承した。

それを聞くと木暮は「今月はあまり仕事も入ってこなかったし、人件費の節約ができてよかった」とにんまりと笑った。

木暮はしばらく事務所を休むことにしたようだ。

「佐伯くん抜きで熱海《あたみ》に社員旅行でも行かないか」と、木暮が染谷を誘っていたがどうなったのかはわからない。

ラーメン店はあいかわらず繁盛しているようだ。店の外にはつねに五、六人の行列ができている。ラーメンは好きなほうだが、あの男が作ったものなど食べる気にはなれない。

あのラーメン店の経営者である田所健二は十五年前に私の姉のゆかりを殺したのだ。

私は仕事の合間にゆかりを殺した男たちの行方を捜していた。そして、ようやくそのひとりである田所健二の現在の姿を捉《とら》えることができた。

私はそれから仕事の合間を見つけては田所の行動を追い続けている。そんなことをしてこれからどうしようというのかはわからない。田所はラーメン店の経営者として成功を収めている。数年間少年刑務所に入っていた田所は出所後、自分の努力によって、ある意味での更生をしたとも言えなくはない。だが、どうしても納得できないのだ。自分の心の中にある憎しみの焔《ほのお》を鎮めることができないのだ。

もしかしたら、私は田所を尾行することによって、田所のことを赦《ゆる》せると思える瞬間が現れることを期待しているのだろうか。あの男の日常の行動の中に、罪悪感のかけらであったり、人間としての良心を垣間《かいま》見ることを願っているのだろうか。

だが、残念ながら、今までの行動から、田所の内面を窺《うかが》い知ることはできなかった。

田所は毎日朝の十時頃に三鷹《みたか》にあるマンションから武蔵境にある店にやってくる。仕事が終わると吉祥寺のキャバクラに行き、女性たちをはべらせる。その後は女性とホテルに行くか、自宅マンションに帰っていく。

私は田所の一日の行動を見届けると、事務所で使っているカローラに乗って駐車場がついているネットカフェを探し、硬いソファで仮眠をとって翌日の尾行に備える。そんな五日間だった。

窓の外をひとりの男が横切った。汚れが目立つリュックを背負い、つばのついた帽子を目深にかぶった背の高い痩《や》せた男だ。男は歩道で立ち止まって、通りの向こう側にあるラーメン店のほうを見ているようだ。

私は男のことが気になった。さきほどからこの付近を徘徊《はいかい》していたのを覚えていたからだ。最初に男を見かけたのは、マンションから田所を尾行して武蔵境駅に降りたったときだ。ちらっと振り返るとあの男が歩いていた。偶然だろうか。

ラーメン店から田所が出てきた。田所は今朝出勤するときに着ていたラフなシャツから背広に着替えている。

田所が店から出て道路を横断すると、帽子をかぶった男は顔をそむけるようにふらふらと歩いていった。

田所がこちらに向かって手を振っているので、一瞬、顔が引きつった。

私は窓から反対側の席を向いた。近くの席に座っていた女性が田所に向かって手を振っている。

やがて店内に入ってきた田所が、私の横を通り過ぎて女性の向かいの席に座った。

あの女性は何者だろう。全身ブランド物とわかる服を身につけている。年齢は三十代後半といったところだろうか。真っ赤な口紅をつけていたが、全体的に平らな顔の中ではその唇だけが浮き立っている。

私は気づかれない程度に、さりげなくふたりの様子を窺った。田所は笑顔を振りまいて、女性と楽しそうに話をしている。

田所の恋人だろうか。いや、だが女性が田所の好みのルックスではないことはわかる。田所の好みの女性ははるかから聞いていた。田所はとにかく若くて、かわいくて、胸が大きい女性が好きなのだそうだ。

「いらっしゃいませ」という店員の声に振り返った。先ほどの帽子をかぶった男が店に入ってきた。店員の誘導を待たずにこちらに向かってきて、田所たちが座っているふたつ後方の席に座る。男はリュックからスポーツ新聞を取り出すと、それを読むふりをしながら、田所の背中に爬虫類を思わせる視線を向けている。

どうやら偶然ではなさそうだ。私と同業者だろうか。いや、あの男は探偵のプロではないだろう。同じ匂いを感じないし、それ以前に挙動のひとつひとつが目立ちすぎるのだ。

煙草を取り出して口にくわえるが、店員から「喫煙席はあちらですが移動しますか」と問われて、小さく舌打ちをして箱にしまった。

田所が伝票を取って立ち上がると、男は慌てて新聞をかざして顔を隠した。田所が女性をエスコートしながらレジに向かった。

ふたりが店を出たところで私も立ち上がった。レジに行って振り返ると男があたふたしているのがわかる。ふたりの後をつけたいのだろうが、まだ注文したものも来ていないし伝票もない。

店を出て駐車場に向かうと、ちょうど停めてあったベンツに田所と女性が乗り込んでいるところだった。あの女性の車だろう。身なりといい、かなりの金持ちらしい。運転席に座った田所が嬉々《きき》とした表情で車を走らせる。私はカローラに乗ると、ベンツの後を追った。

目の前のベンツは青梅《おうめ》街道を走っている。しばらくすると青梅市内に入った。青梅駅からほど近い住宅街の一角で車が停まった。

私はベンツのかなり後方で車を停めた。ベンツからふたりが降りてきて一軒の家の敷地に入っていった。

私は停止したベンツに向かって徐行させた。田所が入っていった家の付近まで来たところでさりげなく横を向いた。玄関口で初老の男女が田所と女性と談笑している。一瞬のことであったが、私はその光景を網膜に焼きつけた。

少し行ったところで車を停めた。ため息が漏れる。あの一軒家は田所の実家だ。表札に『田所』と出ていたし、何より、あの初老の男女に見覚えがある。

ゆかりが殺され、犯人が逮捕されてから一ヶ月以上経った後、田所の両親が私の家を訪ねてきた。菓子折りひとつ持って、線香をあげたいと言ってきたのだ。私の父は怒りを必死に抑えつけながら、どうして今頃になってやってきたのかと問い詰めた。

田所の母親は不服そうな表情をにじませながら、警察の人に行ったほうがいいのではと言われたから、と答えた。そして悪いのは主犯である榎木で、自分の息子は脅されて仕方なく手伝ってしまっただけだと、うちの息子も被害者なんだと言わんばかりの言葉を繰り返した。私の母はその言葉を聞いた直後から体調を崩して、それ以来入退院を繰り返している。娘の死からずっと張りつめていた糸がぷちんと切れてしまったように。

先ほどの田所の両親の笑顔を思い出すと、激しい憎悪がこみ上げてくる。今では人気ラーメン店の経営者だ。立派な息子を持ってさぞや鼻高々だろう。私や、私の両親は今もずっと出口のない暗闇の中で苦しみ、もがき続けている。

私は思いっきり、拳《こぶし》をハンドルに叩《たた》きつけた。

運転席で放心していると、携帯電話が鳴った。着信を見るとはるかからだ。面倒だったが、はるかの能天気な声でも聞いて少し昂《たかぶ》った気持ちを鎮めたいと思った。

「今日、修ちゃんに会える？」

電話に出ると、はるかが訊いてきた。

「今日は無理だ」

私は素っ気なく答えた。

明日からはまた仕事が始まるし、この後もぎりぎりまで田所の尾行を続けるつもりだ。

「田所さんのことで新しい情報が入ったよ」

「新しい情報って？」

はるかの話に食いついた。

「会ってくれなきゃ話さない。けっこう嫌な思いをして仕入れた話なんだから」

はるかが甘えた声で言う。疲れている体に鞭打《むちう》ってまで行く価値のある話なのだろうか。

「行けるにしても遅くなる」

「うん、いいよ。今日はお店休みだから部屋にいるね」

私はため息を押し殺して電話を切った。

はるかとは一ヶ月前に吉祥寺のキャバクラで知り合った。

社交辞令で電話番号を交換した翌日に、はるかから会いたいと電話があった。私は金がないからもう店には遊びに行けないと、素っ気なく営業の電話を断った。だが、はるかは店に来なくていいから外で会いたいと言った。どういう物好きかしらないが、私に興味があるという。

数日後、田所を尾行していた私はふたたびそのキャバクラに入った。私に気づくとはるかは喜んでいた。アフターでラーメンを食べに行き、軽く酒を飲み、ホテルではるかを抱いた。

ベッドの中でそれとなく田所という客のことについて話を聞いた。店にやってきた頃、田所ははるかのことを気に入っていたようで、しつこく言い寄られたという。田所は金離れのいい客だったが、金さえあれば女をどうとでもできるという態度が気に入らないと、うんざりした顔ではるかは言った。最近では同伴にもアフターにも付き合わず、距離を置いているのだと。

どうして田所のことばかり訊《き》くのかとはるかから問われた。

どう答えるべきかと迷ったが、私は半分だけ本当の話をした。私は探偵をしていて、ある人物の依頼で田所のことを調べているのだと。

田所の情報を仕入れるためにこの女は使えるのではないかと思った。

仕事を抱えながら田所のことについて調べるのは限界がある。あの男に制裁を加えるためのウィークポイントを探りたかった。

はるかの部屋のインターホンを押した。

「どなた？」

インターホン越しに、はるかが訊いてくる。

「おれだ」

「修ちゃん？」

はるかがドアを開けた。しばらく呆然《ぼうぜん》とした顔で私を見ている。やがて、ぷっと吹き出して笑った。

私は思いだして、変装用につけていたかつらと口ひげを外してから部屋に上がった。

はるかが私に抱きついてくる。

「仕事でずっと寝てないんだ」

私は腰にからみついたはるかの手をゆっくりと解《ほど》いてベッドに寝転がった。

「仕事大変なんだね」

はるかが床に放ったかつらを拾って言う。

「ところで、田所の新しい情報ってなんだよ」

私が訊くと、はるかが少ししらけた顔になった。冷蔵庫から缶ビールを取り出して私の隣に座る。

「月百万でおれの愛人にならないかって言われた……」

私のことをじっと見つめる。

「それで……」

「修ちゃん、それを聞いて何とも思わないんだ」

はるかがすねる。

「はるかは利口な女だからあんな男の愛人なんかにはならないだろう」

「いいかげん、冬美《ふゆみ》って呼んでよ」

はるかが私の腕をつねった。

はるかは店での源氏名で、本名は伊藤《いとう》冬美というそうだ。冬よりも春が好きだからはるかという源氏名にしたという。私は知り合ってからずっとはるかで通していた。

「それにしても月に百万とはずいぶん景気のいい話だな。ラーメン店っていうのはそんなに儲《もう》かるのか」

「完全に割り切った付き合いができる女を探してるみたい。おれはもうすぐ結婚するんだって言ってた」

「結婚――？」

意外な言葉を聞いて、はるかの目を見つめた。

「ファミレスとか居酒屋とかいっぱい経営している会社の社長の娘なんだって。ほら、修ちゃんとこの前行ったファミレスもそうなんだって」

最近、都内でよく見かけるファミレスチェーンだ。

「おれのラーメン店もこれから全国にチェーン展開するようになるって自慢してた。どんな女性か知らないけど、よくあんな下品な男と結婚したいと思うよね」

きっと、先ほどまで田所と一緒にいた女性だろう。ふたりは田所の実家を出た後、ベンツに乗って世田谷に向かった。そして成城《せいじょう》にある『竹脇《たけわき》』と表札のある豪邸に入っていった。おそらくそこが彼女の実家なのだろう。

「もしかして、修ちゃんの仕事の依頼人ってその社長なんじゃない？　娘の婚約者がどういう男なのかを知りたくて」

はるかが訊いてきた。

「どうだろうな……」

私は適当にごまかして、はるかの肩に手を添える。貴重な情報をもたらしてくれた礼に、はるかの唇を思いっきり吸った。

私はテーブルの上に置かれた名刺をつまみ上げた。

「手がかりはこれだけなんですが……」

町村幸雄《まちむらゆきお》の呟《つぶや》きを聞いて、私は顔を上げた。そして視線を名刺に戻した。『(株)ワールドトレジャー　代表取締役　沢村祐二《さわむらゆうじ》』とある。

「捜してほしいというのはこちらの人物なのですね」

私が訊くと、「そうです」と町村が頷《うなず》いた。

「こちらに訪ねてこられたということは、当然この会社には……」

「はい、行ってみました。でもそこに書かれている住所にそんな会社は存在していませんでした。この名刺をもらったのは四年ほど前のことでしたが、その当時もワールドトレジャーという会社はなかったということです。だから、沢村祐二という名前も偽名の可能性があります」

私は隣で話を聞いている木暮に目を向けた。ひさしぶりに訪ねてきた依頼人にさっきまではにこやかだった顔が少し曇っている。木暮も難しい依頼だと感じているのだろう。

「この人物の写真とかもありませんか？」

私は訊《たず》ねたが、町村は力なく首を振る。

町村は三十分ほど前にこの事務所を訪ねてきた。町村は応対に出た私に一礼して、「捜してほしい人がいるのですが……」と言って自分の名刺を差し出してきた。社会人としては当たり前の行為だが、こういう客はあまり多くはない。探偵事務所がどこか胡《う》散臭《さんくさ》そうで怖いところではないかと思われているせいかもしれないが。

私は第一印象で町村に好感を持った。名刺によると町村は大手銀行に勤める係長だとある。どうりで着ている背広も嫌味にならない洒脱《しゃだつ》さを感じさせた。

「町村さんとこの沢村さんという人物はどういったご関係なんですか」

「妹の恋人だった男です。会ったのは四年ほど前に一度っきりです。挨拶《あいさつ》をして、それから三るときに妹と沢村が一緒にいるところを偶然見かけたんです。私が街を歩いてい人で軽く食事をしました。これはそのときに交換した名刺です。沢村とはもう一年ほど付き合っていて結婚も考えていると、幸せそうな顔で話してくれました」

「妹さんの恋人でしたら、妹さんからお聞きすればわかるんじゃないですか。それとも妹さんも今の沢村さんの所在がわからないということですか?」

「それが……どういう風に説明すればいいんだろう……」町村が口ごもった。「家族の恥になることなのでとてもお話ししづらいことなんですが……」

「依頼人の秘密は守りますよ」

私が微笑みかけると、町村はひとつ大きな息を吐いて話し始めた。

「妹は四年前まで信用金庫で働いていました。ですが、四年前にある事件を起こしまして……」

町村の妹の優子《ゆうこ》は四年前に職場である信用金庫の金を横領した容疑で逮捕されたという。優子は支店の出納係でATMなどの入金を担当していたが、ある時期からATMから現金を抜き出したり入金せずに横領するなどの手口で着服を繰り返していた。優子が働く支店では職員ひとりに出入金の鍵《かぎ》や管理をまかせており、また発覚を防ぐためにATMの記録を改ざんしていたことから半年以上事件は発覚しなかったという。優子が着服した金は四千五百万円にものぼった。

「優子は懲役三年の刑を言い渡されて刑務所に入りました。私の親は最後の責任として持ち家を処分して半分近くを返済しました。そのかわり優子を勘当しましたけど。優子は一年ほど前に刑務所を出ていますがいまだに両親から許してもらえず、ひとりで生活しています」

「町村さんも優子さんとは会われていないんですか」

「いいえ、私は親に内緒で何度か優子に会っています。ただ、沢村のことは何を訊いてもいっさい話しません」

何となくだが話が見えてきた。同時に、私は少し気が重くなった。

依頼人の妹が罪を犯した前歴者であることもあったし、調査対象者である沢村も何らかの犯罪に加担している可能性があると感じたからだ。

この事務所では浮気調査や失踪《しっそう》者の所在調査の他に、犯罪前歴者の追跡調査というのを請け負っている。これは木暮のアイデアだが、私はある理由から犯罪がらみの調査を苦手としていた。

だが、町村の誠実そうな態度を見ていると、何とかこの男の力になってやりたいと思う。

「町村さんは妹さんがこの沢村という人物に騙《だま》されて金を貢がされていたと考えてらっしゃるんですね」

町村が頷いた。

「妹は警察でも金の使い道に関しては自分で使ったと言い張っていたようです。ただ、四千五百万円もの大金を妹ひとりで使いきれるわけがない。妹はけっして派手なタイプではなかったし、どちらかというと地味な女でした。私はぴんときて、すぐに妹の携帯電話で沢村の番号を探して電話をかけてみましたが、すでに契約は解除されていました」

「お話はよくわかりました。ただ……町村さんのお話を聞いただけでは沢村さんの行方を捜すのは難しいと思います。妹さんからもう少し詳しいお話を聞かせてもらうわけには」

「妹には私が探偵にこういう依頼をしていることを知られたくないんです」

私は町村の目を見つめた。町村はひとりで沢村を捜し出してどうしようというのだろう。

「しばらく妹のことを見張っていてもらえないでしょうか。もしかしたら今でも沢村と接触しているかもしれない。それに、私もしばらく妹と会っていないから、どういう生活を送っているのかが気になりますし……」

「所長、町村さんの依頼をお引き受けしてもいいですよね」

私は、いちおう木暮に訊《き》いた。

「佐伯くんがやりたいっていうんなら、まあ、いいんじゃないかな」

いつもなら依頼があるというだけで目を輝かせる木暮が珍しく冷めた視線を返してきた。

「わかりました。しばらく妹さんの様子を見てみます。それからお話ししましょう」

私は町村に向き直って答えた。

「何かありましたら携帯電話のほうにご連絡ください。よろしくお願いします」

町村が深々と頭を下げた。


町村が帰ってから事務机に座っている染谷のもとに行った。

「お染さん、四年前に使っていた携帯電話の使用者って調べられるのかな」

私は染谷に訊いた。今のところ沢村につながる手がかりは、優子の携帯電話に入っていたという沢村の電話番号だけだ。町村は当時の沢村の電話番号を控えていた。

「かなり難しいわね」

染谷が渋い表情で言う。

「調べるだけ調べてもらえないかな」

私は染谷に沢村の電話番号を書いたメモを渡して隣の席に座った。インターネットで優子が働いていた信用金庫の名前と横領という文字を入れて検索するといくつかのニュース記事が出てきた。ほとんどが町村が語っていたとおりの内容だ。事件当時、町村優子は二十八歳だった。

どうしようもない男に騙されて、女性にとって大切な期間を刑務所で過ごすことになるなんて。

「どうしてこういう男に引っかかるんだろう。馬鹿な女だよね……」

「あんた、本当に人を好きになったことないだろう」

隣で事務仕事をしていた染谷がぼそっと呟いた。

すぐに言葉を返せなかった。まさか染谷からそんなことを言われるとは思ってもいなかった。

「恋は盲目っていうだろう」

染谷がそう言うと、がははと笑った。

「お染さんも恋した男のためならこんなことしますか?」

私はパソコンの画面に指を向けて訊いた。

「うちのどこにそんな金があるっていうのよ」

「そりゃそうだ」

「佐伯くん、なんか今回の仕事は張り切ってるみたいだね」

木暮が後ろから私の肩を叩《たた》いて言った。

「別にそういうわけじゃないですよ」

「けっこう、けっこう、仕事に励むのはおおいにけっこう」木暮が笑いながら言う。しかし次の瞬間には目つきが変わっていた。「なんか最近、仕事以外のことに気が向いてるようだしね」

木暮が舐《な》めるように私を見る。その視線にぞくっとした。もしかしたら、私が仕事の合間を縫って、姉を殺した奴らのことを調べているのを知っているのではないだろうか。

「金にならないことで疲れることしちゃだめだよ」

釘《くぎ》を刺しているように聞こえた。

「そんなことよりも、さっきのは取りすぎじゃないですか」

私は話題を変えた。

この事務所では通常、所在調査の基本料金は三十万円だ。だが、木暮はその倍の六十万円を町村に請求した。木暮の考えはわかる。木暮はきっと沢村のことを見つけられないと踏んでいるのだろう。だから最初から成功報酬の分の金額を上乗せしたのだ。

「ああいう客にはふっかけてやっていいんだよ。金持ってそうだからさ」

私は木暮の言葉に反感を覚えた。

町村は大手の銀行に勤めているが、それほど気楽な生活をしているとは思えない。妹が横領事件で逮捕されているのだ。もし銀行にそのことが知れていたとすれば、町村は厳しい立場にいることだろう。

「それに、あなたには名刺を渡したくせに、私にはくれなかった。社会人として失格だよね」

木暮の言葉を聞いて、私はため息をついた。

なんて子供っぽい人なんだ。

事務所を出ると夜の七時を過ぎていた。

これから電車を乗り継いで武蔵境に行くつもりだ。明日からはしばらく沢村祐二の調査のために忙しくなる。今夜も田所の行動を監視するつもりだった。

ファミリーレストランの窓際で監視していると、明かりの消えたラーメン店から田所が出てきた。

私は伝票を取ってレジに向かった。急いでファミリーレストランを出ると、反対側の歩道を駅に向かって進む田所の姿を捉《とら》えながら歩いた。いつも田所は駅前にある銀行の夜間金庫に金を預けてから夜の街にくりだしていく。

路地から男が出てきて、田所の背中に近づいていく。昨日、田所のことをつけていた男だ。男が小走りに寄っていって田所の肩を叩く。田所が振り返った。道路の反対側にいる私からでも、田所が腰を抜かしそうなほどに驚いているさまが窺《うかが》えた。あの男はいったい何者なのだろうか。

しばらくすると、田所と男は一緒に駅のほうに向かって歩き始めた。男が途中にある居酒屋の看板を指さす。田所は渋々といった様子で男の後に続いて居酒屋に入っていった。

私は反対側の歩道に渡って居酒屋に入った。テーブル席が四席とカウンターが十席ほどのこぢんまりとした大衆居酒屋だ。田所と男はテーブル席に向かい合って座っていた。帽子を目深にかぶった男の顔はにやけていたが、田所の表情は引きつっている。私は田所たちに背中を向けるようにカウンターに腰かけた。

店内は酔っ払いたちの喧騒《けんそう》で包まれていた。私はビールを飲みながら目の前に置かれている水槽のガラスに映るふたりの姿に注目し、背中に全神経を集中させていた。断片的だがふたりの会話が聞こえる。

「ケンジ、太ったな……最後に会ったときとは大違いだ……おれとちがって毎日いいもん食ってるんだろうな……」

男が自虐的な口ぶりで言う。

「どうしたんだよ、いったい、急に……」

田所が動揺を隠せない声で呟《つぶや》く。

「ケンジから成功の秘訣《ひけつ》を伝授していただきたくてね」

「成功なんかしてねえよ。ただ、普通に……真面目に仕事してるだけだ。ラーメン店なんて儲《もう》かるもんじゃない。食っていくだけで精一杯だ」

「その割には毎晩のようにキャバクラ遊びしていい女をホテルに連れ込んだりしてるじゃん。羨《うらや》ましいね。おれも3Dのおんなとやりてえなあ。いつからやってねえかな。そうかー、もう十五年も生身の女とやってねえのか」

男が大声で言う。

十五年——その言葉が心の隅に引っかかった。

「マサシ、やめてくれよ。ここには顔見知りもいるんだよ」

田所が小声でたしなめた。

マサシ——その名前を聞いて動悸《どうき》が激しくなる。十五年——マサシ——

「だからここを選んだんじゃねえか。なあ、そんなに冷たくするなよ。おれたち兄弟じゃねえかよ、同じ女をやった——」

「キャバクラに行きたいんなら今度連れて行くよ、だから……」

「でも、こんな小汚い恰好《かっこう》じゃもてないだろう。服を買いたくてもさあ、家賃も三ヶ月滞納してるからな。追い出されたらケンジの家にしばらく厄介になろうかな。けっこういいマンションに住んでるよな」

「わかったよ……」田所が膝《ひざ》に置いていたセカンドバッグを開き、中から数枚の紙幣を取り出した。「これで家賃を払えよ。だけどこれ以上……」

「やっぱり持つべきものは友達だな」男は田所から金を受け取ると立ち上がった。「これからも仲良くしてくれよ」と言って、手を振りながら店を出て行った。

私は勘定を頼んだ。金を払うと立ち上がって店のドアに向かった。出るときにちらっと田所のほうを見た。田所が蒼白《そうはく》な顔でうなだれている。

店を出ると私は男の後を追った。先ほどのふたりの話から確信があった。目の前の男は姉のゆかりを殺した寺田正志にちがいない。

男は武蔵境駅から電車を乗り継いで新秋津《しんあきつ》駅で降りた。駅前のレンタルDVD店に入っていき、まっすぐアダルトコーナーに向かう。男は棚に並べられたアダルトDVDをしばらく吟味している。私は怪しまれないように適当なDVDを選ぶふりをしながら男を見ていた。男が選んだＤＶＤは女子高生ものや、レイプものだ。

男はレンタルＤＶＤ店を出ると駅前の商店街を通り十五分ほど歩いた。住宅街の一角にある古い木造アパートの階段を鼻歌を歌いながら上っていく。

私は男が部屋に入っていってから一階にある郵便ポストを確認した。二〇三号室に『寺田』という表札がかかっている。

二階の角部屋の明かりが灯《とも》った。私は憎悪のこもった目で睨《にら》みつけていた。あの男と出会うまでは、田所に対する怒りが体の中をほとばしっていた。だが、いま感じる憎悪はまた種類の違うものだ。あのＤＶＤを見ながら、どんなことを想像しているのかと思うと、姉を犯したときのことを想像しながら性欲を処理するつもりかと考えると気が狂いそうになる。

私は澱《よど》んだ空気が漂うこの一角から早く立ち去ることにした。

町村優子が住んでいるアパートを見上げていると、昨日の忌まわしい光景を思い出す。

優子が住んでいるアパートも古い木造のアパートだった。優子はこのアパートの二〇二号室に住んでいる。この部屋から優子が出てくる瞬間を確認しなければならない。私は優子の顔を知らない。昨日、町村に優子の写真はないかと訊《たず》ねたが、残念ながら優子の写真は一枚も持っていないと言われた。家族の写真が一枚もないというのは不思議だが、優子を勘当したときに両親がすべて捨ててしまったのかもしれない。

優子の住んでいるアパートは八王子《はちおうじ》市内にあった。昨夜、私は寺田のアパートから立ち去るとはるかのマンションで少し仮眠をとって、始発電車を使ってここにやってきた。朝の七時半に二〇二号室のドアが開いて女性が出てきた。トレーナーにジーンズという恰好で髪を後ろで束ねている。優子はアパートの階段を下りると、早足で駅のほうに歩いていく。

私はその後をゆっくりとついていった。


指定された喫茶店に入ると、奥の席で町村が立ち上がるのが見えた。

「こんなところまで来ていただいて申し訳ありません」

私が近づくと、町村は頭を下げた。

「いえ、私はかまいません。町村さんもお仕事があるでしょうから」

町村が勤める銀行はこの近くにある。昨日、町村から電話があって会いたいと言われたときに、できればこの近くでと指定されたのだ。

「それで、優子の様子はどうでしたか」

町村が訊《き》いてきた。

「残念ながら今のところ沢村祐二につながるものはありません」

私は昨日までの四日間、ずっと優子の行動を監視していた。優子の監視は探偵の仕事としてとても楽で退屈なものだった。優子の生活にはあまりにも起伏がなさすぎるからだ。

優子はアパートから十五分ほど歩いたところにある弁当屋で働いていた。毎朝、八時から夕方の六時まで店で働き、スーパーで買い物をしてアパートに戻る。その繰り返しだ。この四日間で一日だけ出勤しない日があった。おそらく休日だったのだろう。その日も優子はスーパーに買い物に出ただけでどこにも遊びに行くことなくアパートにいた。

「元気にしてましたか」

町村が心配そうに訊いてくる。

「以前の妹さんのことを私は知らないので……ただ、元気そうに働いています」

余裕のある生活ではないだろう。優子が住んでいるアパートや普段の質素な身なりからも彼女の生活が想像できる。遠目で見ていると三十二歳という年齢よりも老け込んだ女性を想像していた。だからこそ、弁当屋に行き優子と対面したときに少し驚きを感じた。優子は華やかなピンクの口紅をしていた。それ以外はほとんど化粧っけがないからその唇だけがやけに艶《つや》っぽくてどきっとしたのだ。

「そうですか、よかった」町村は心から安堵《あんど》したようだ。「今日お呼びしたのはひとつお伝えしたいことがあったからなんです」

「何でしょうか」

「実は先日優子の友人だった人から聞いたんですが、優子と沢村がよく行っていたバーが渋谷《しぶや》にあるそうなんです」

「そのお店の名前はわかりますか」

「わかります」町村がバーの名前をメモに書いて寄こした。「マスターの渡辺《わたなべ》さんという方が沢村とけっこう親しかったそうです」

「ひとつお訊きしていいですか」

私は町村の目を見つめながら訊いた。

「何でしょうか」

「もし、沢村の居場所がわかったとしたら、町村さんはどうするおつもりなんですか」

私の問いに町村がしばらく沈黙した。

たしかに優子は罪を犯した。その償いとして優子が刑務所に行くことも、町村家の家を売り渡すことも仕方がないことかもしれない。ただ、町村としては納得できない思いもあるはずだ。優子を騙《だま》して金を得たかもしれないのに、罪に問われることもなくのうのうと生きている沢村に対する憎しみだ。

町村が誠実な男であることはわかる。だが、こんなにも妹を心配して愛情を注いでいる町村が、妹の人生をめちゃくちゃにした男と対面したときに、何か嫌なことが起きるのではないかという予感も拭《ぬぐ》えないのだ。

「優子はいまだにあの男のことを愛しているようなんです。刑務所を出てからも、いつかきっとあの男が自分のもとに戻ってくると思ってるみたいなんです。まったく馬鹿な女だと思うでしょう……」

町村が寂しそうに笑った。

「いえ……」

私は少し目を伏せた。

「優子は今までも騙されてきて、これからも騙され続けていくんです。私は彼女の心の中からあの男の記憶を断ち切りたい。あの男がどんなにひどい男かを調べ上げて優子に知らせたい。それだけです……」

町村と別れた後、私は渋谷にあるバーに向かった。

公園通りを上っていったマンションの中にある隠れ家的な雰囲気を持った洒落《しゃれ》たバーだ。青い照明を基調とした薄暗い店内にはテーブル席はなく、カウンターの奥には高そうな酒が並んでいた。まだ時間が早いせいか客はいなかった。

「いらっしゃいませ」

カウンターの中にいたバーテンダーが言った。

「この店で一番安いものを」

カウンターに座ってそう注文すると、バーテンダーが苦笑を浮かべながらビールを注いだ。

「渡辺さんでしょうか」

私が訊くと、バーテンダーが「そうですが」と答えた。

「この人物についてお聞きしたいんですが」

私はカウンターの上に沢村の名刺を置いた。バーテンダーが怪訝《けげん》な表情で名刺をつまみ上げる。苦々しそうに唇を歪《ゆが》めた。

「沢村さんはよくこちらの店に来ていたみたいですね」

「あなた、何者ですか？」

渡辺が私を見据えて訊く。

「探偵です」

私は正直に答えた。沢村の名刺を見て苦々しい表情を浮かべたことから、渡辺自身、沢村に対して思うところがあるのだろうと感じた。

「ある方の依頼で沢村祐二さんの行方を捜しているんです」

「沢村が騙した女が依頼したのかな」

渡辺が皮肉交じりに言った。

「沢村さんは今でもこちらに来ますか？」

「四年ぐらい前から来てませんよ。それまではある女性と週に一回ぐらい来てましたけどね」

「どんな女性ですか」

「優子ちゃんって子でね、信用金庫に勤めていた真面目そうな女の子だった」

「先ほど、沢村が騙した、とおっしゃっていましたがどういう意味ですか」

私は訊いた。

「そういう意味ですよ。あいつはそういう奴なんです」渡辺が吐き捨てるように言った。「四年前に沢村と一緒に来ていた優子ちゃんが会社の金を横領したとかで警察に捕まったんですよ。それ以来、沢村は姿を消しました。おそらく彼女は沢村に騙されて貢がされていたんでしょうね」

「どうしてそう言い切れるんですか。例えばその女性がホスト遊びをしていたとか、自分の遊ぶ金ほしさに横領したということは……」

「それはあり得ないよ。優子ちゃんは本当に真面目で一途《いちず》な子だったから。彼女はここに来るときにはいつもピンクの口紅をしていたんだよね。沢村にピンクの口紅が一番似合うって褒められたからって、彼と会うときにはいつも同じ口紅をしているような子だから。優子ちゃんには沢村のことしか見えてなかったんだと思う。だけど悲しいことに沢村の本当の姿は見えてなかったんだろうね」

　私は艶っぽく感じていた優子の唇を思いだし、物悲しい気持ちになった。町村が言うとおり、優子はいまだに沢村のことを愛していて、彼がいつか自分のもとに戻ってくるのを待っているのだろう。

「お恥ずかしい話だけどね、私もあいつに百万円ほど貸してましてね……言い訳じゃないですけど、あいつは人を信用させる天才ですよ」

「人を信用させる天才？」

「物腰が柔らかくてね、何て言うんだろう……誠実そうな眼差《まなざ》しをしてるんだよね。友人と共同で海外の雑貨なんかを輸入する会社を経営してるって言ってた。よく海外に買い付けに行くとかで来るたびに土産を持ってくるマメなやつだった。優子ちゃんの事件が発覚する直前にどうしても急な入用で百万円ほど必要だってことで貸しちゃったんだよ」

「沢村のことを捜そうとは思わなかったんですか?」

「携帯電話もつながらない、名刺にある住所も電話番号もでたらめ。捜しようがないでしょう。警察に訴えようと思ったけど、自分の人を見る目のなさを宣伝するようでさ、けっきょく諦《あきら》めたわけ。事件の後に知ったんだけどそういう人がたくさんいたみたいだよ。特に女性がね。女性なんか特に自分の恥をさらしたくないし、五十万や百万ならってことで泣き寝入りしたよ。だけど、優子ちゃんの場合は本当にかわいそうだよ。いい子だったからさ」

「沢村はその金をどんなことに使ってたんでしょうね」

「これも後々わかったことだけど、よく六本木《ろっぽんぎ》なんかの高級クラブで豪遊していたみたいだよ」

渡辺がいくつかの店名を出した。

「沢村の写真なんかはありませんか」

私は訊《き》いた。

「いや、ないね。あいつは写真嫌いなんだ。一度、ここで優子ちゃんの誕生日を祝ったときに記念にふたりの写真を撮ってやろうとしたけど、ぼくは写真が苦手だからって拒否された。あのときに何か変だと気づいていればな」

渡辺が後悔のため息を漏らした。

その後、私は渡辺から聞いた六本木にあるクラブを何軒か訪ねて回った。

だが、そこでの沢村の評判は悪いものではなかった。いや、悪いどころか、沢村を知っているホステスのほとんどが、優しくて、スマートで、金離れのいいお客さんだったと言って沢村のことを褒めていた。

その場では、さすがに私も沢村が人を騙していたことや、沢村に関する悪い話を持ち出すことができなかった。あくまでも連絡が取れなくなってしまった友人の依頼で沢村が今どこに住んでいるのかを捜していると話した。

どこのクラブでも、優子の事件があってから沢村は店に来ていないようだ。さすがに沢村がふたたび店を訪れるとは思えないが、いちおう沢村に関することで何かわかったことがあったら連絡をしてほしいと頼んで退散することにした。

私は完全に調査に行き詰まっていた。

町村からの依頼を受けてから十日近くが経つが、いまだに沢村という人物の輪郭さえつかめていない。

沢村を知る人物に彼のことを訊《たず》ねると、反応はどちらかだ。誠実で優しい紳士的な男か、人あたりはとてもいいが、腹の中は黒い男か――

だが、いずれにも共通している面がある。沢村はほとんど自分の痕跡《こんせき》を残していないということだ。残しているのは名刺と、人々の中にある記憶だけ。これだけ沢村のことを知る人物と接しても彼の写真一枚出てこないし、彼が当時どこに住んでいたのかも知る者はいない。しかも、会う人ごとに外見の印象も変えているようだ。だから、沢村の外見の印象を訊いても、人によってかなり違うのだ。

私は事務所の机の前でため息を漏らした。

「沢村祐二の本名がわかったから」

後ろから木暮が声をかけてきた。

私は一瞬何のことかわからないまま木暮を振り返った。

「所長、何かおっしゃいましたか？」

「だから、沢村祐二の本名がわかったって言ったの」

木暮がメモ紙を私の目の前に投げた。

「本名は山本次郎《やまもとじろう》。年齢は三十八歳。現住所は大阪市の北区になってる――」

私は木暮を見ながら絶句した。本当だろうか。

「どうやって……」

「携帯電話の番号から調べたんだよ」

木暮が事もなげに言う。

四年前に使用していた携帯電話から本名だけでなく現住所まで調べたというのか。木暮はいつも仕事に関しては人任せなのだが、たまにこういうマジックを使うのだ。

「だけどね、これを使うには条件がある。町村さんに交渉して成功報酬を百万円に上げてもらって」

「百万って」

木暮の言葉を聞いて啞然《あぜん》とした。

通常の成功報酬は依頼の難易度に応じて五万円から三十万円だ。金に対してがめつい木暮にしても、いくらなんでも取りすぎだろう。

「あの依頼人がどうしても求めているならこの情報を買うでしょう」

木暮は譲るつもりはないらしい。

「訊いてみます」

私は渋々、町村に電話した。

「沢村のことがわかったんですか――」

私の話を聞いて町村はしばらく絶句していた。私は心苦しさを感じながら町村に成功報酬を上乗せしなければならない旨を説明した。

「……百万円は相当な大金です。どうなさいますか。承諾していただけるのならこれから彼が住んでいるところに行って調査を続けます」

「わかりました。百万円をお支払いしますから調査を続けてください。よろしくお願いします」

町村が電話を切った後、私はため息をついた。

大阪市内でレンタカーを借りてさっそくメモにある住所に向かった。

マンションの前で車を停めた。私は運転席から六階建ての高級なマンションを見つめた。本当にあのマンションに沢村祐二、いや、山本次郎が住んでいるのだろうか。

車を降りようとしたときにポケットの中で携帯電話が振動した。はるかからメールが来ている。

『大阪出張なんだね。いつ東京に戻ってくるの？　早く会いたいな。寂しいよー』

私は舌打ちをしてすぐに携帯電話をしまうと車から降りた。

エントランスの郵便ポストを見ると確かに二〇八号室に『山本』と出ていた。ちょうど主婦がオートロックのドアを開けたので、住民のふりをしてマンション内に入った。

二〇八号室は二階の角部屋だ。ここならマンションの前の道路に停めた車の中から人の出入りを確認できる。

「あのう……」

後ろから呼ばれて振り返ると、小さな子供を抱えた女性が立っている。

「何かご用でしょうか？」

「こちらは山本次郎さんのお宅でしょうか」

「はい、山本は私の主人ですが……」

優子を騙《だま》した山本には妻子がいたのだ。町村がこのことを知ったらどれほどの憤りを感じるだろうか。

「実はわたくし以前山本さんに仕事の関係でお世話になりました木村《きむら》と申します……たまたまこの近くを通りかかったものですから、お元気でいらっしゃるかと」

「そうでしたか。主人は今の時間は店に出ておりまして。申し訳ありません」

「お店ですか？」

「ええ。梅田《うめだ》駅の近くで雑貨店を営んでおりまして」

「そうですか」


私は山本のマンションを出ると梅田駅に向かった。

山本が経営する雑貨店は梅田駅から近いショッピングビルの中にあった。いろいろな国から集めたであろう小物や食器が並べられている。

私はしばらく店内を眺めて回った。だが、高価な食器を眺めても見惚《みと》れたりはしない。この店が優子の人生と引き換えにして得たものと考えるとやり切れなさがこみ上げてくる。

山本次郎とはいったいどんな人間なんだろうか。ある人はとても魅力的な人物だという。しかし多くの人間が山本のその魅力に翻弄《ほんろう》されているのだ。

「社長、この食器はどこに並べますか」

女性従業員が控室らしい部屋のドアを開けて声をかける。ひとりの男が店内に出てきた。そして私に気づいた男が微笑みかけた。

私はその男を見て息を呑《の》んだ――

そこに立っているのは、私が知っている町村幸雄だ。

「佐伯さん、ようやくたどり着きましたね。やきもきしましたよ」

山本次郎が言った。

「どういうことなんですか」

私は椅子に座るなり、目の前にいる山本を問い質《ただ》した。

山本は雑貨店の店内で立ち尽くしていた私を落ち着きはらった態度で外に連れ出すと、近くにある喫茶店に入った。

「以前、お話ししたでしょう。沢村祐二……いや、山本次郎がどんな男かを優子に知らせてやりたいって」

私は山本の目を見据えた。だが、この男の真意がよくわからない。

「どうして優子を騙した張本人の私が、自らこんなことをするのかと訊《き》きたいんでしょう」

私は頷《うなず》いた。

「どう言えばいいのかな……なんか最近ずっと寝覚めが悪いんだよな」

山本が微笑んだ。今までこの笑顔に好感を持っていた自分が悔しくなる。私は歯を食いしばりながら山本を射すくめていた。

「いろんな人間から私の話を聞いたでしょう。私に関するいい話も、悪い話も。私が人を騙して金を取ったという者も中にはいたでしょう。だけどね、私にはそんな気は全然なかったんですよ」

「そんな気はなかったなんて……偽名を使って金を借りたまま逃げれば詐欺でしょう」

「確かにお金を貢いでもらったりしましたよ。でも、それは私から言わせればサービスへの対価だと思っているんです。彼女たちにとって理想の男性を演じてサービスする──俳優だって作品によって役名が違うでしょう」

「あなたのために町村優子さんは刑務所に入ることになった」

私は山本に対する軽蔑《けいべつ》をこめて言った。

「あれにはまいった。ただ、勘違いしてもらいたくない。私は彼女に対して犯罪をそそのかしたりなんかしてませんよ。お金に困っているといったらすぐに貸してくれた。毎回、それほどの金額ではないから、あそこまでの大金になっているという実感がなかった」

山本が椅子に深く腰かけてため息を漏らす。

「優子が逮捕されたというニュースを見たときには、さすがにまずいと思いましたよ。私は携帯電話や借りていた家を解約してしばらく関東を離れることにしました。だけど、ニュースをチェックしても男に金を貢ぐために横領したなんてことは全然出てこない。どういうことなんだろうと思いましたね。今まで貯めてた金で始めた株がたまたま大当たりして、二年前にあそこに店を出すことにしました。そして妻と結婚した。それからはあの仕事に専念してたんだけど――」

山本の瞳《ひとみ》にふっと寂しさが宿ったように見えた。

「迂闊《うかつ》だった――もう、ほとぼりが冷めたと思って三ヶ月前に東京に遊びに行ったとき、街中で偶然彼女のお兄さんと遭遇してしまった。路地に引きずり込まれてさんざん罵詈《ばり》雑言《ぞうごん》を浴びせられた。彼女の実家を売りに出さなきゃいけなくなっただの、お兄さんは勤めていた銀行を辞めなきゃいけなくなっただの。私はそんな金は知らないとしらばっくれました。殴られるか警察に連れて行かれるかと思ったけど、お兄さんはそれはしなかった。ただ一言、最後に吐き捨てた――おまえの最大の罪はいつまでも優子の心の中に居座り続けていることだって、ね」

山本が事務所で語ったことはすべてが嘘というわけではない。四年前に優子とふたりで街を歩いているときに優子の兄とばったり出会ったこと。そのときに名刺交換をしただけだから、町村幸雄の名刺は一枚しかない。

もしかしたら、木暮はあの時点で気づいていたのかもしれない。私は四年前に使っていた沢村祐二の電話番号から山本次郎の所在を突き止めたとばかり思っていた。木暮はあのとき調査依頼書に書かれていた電話番号からこの男の正体にたどり着いたのだ。現在使用している番号なら使用者の情報を得るのは探偵にとってそれほど難しいものではない。

「私は別の探偵を雇って優子の所在を調べてもらいました。何日か、遠目から彼女の生活を見ていた。今にも崩れてしまいそうなぼろいアパートに住んで、毎日家と職場の弁当屋を往復するだけで他に何の楽しみもない生活。哀れだった。だけど一番哀れに感じたのは、彼女の口紅に気づいたときだった。君にはピンクの口紅が一番似合うね。私にとっては金を引き出すために使った褒め言葉をいまだに大切にしている彼女を見て……どうしようもなく哀れな女だなと……心がかきむしられそうになった」

この男の言葉をどこまで信じていいのだろうか。だが、喫茶店で会ったときに優子のことを心配していた山本の様子は演技だけではないように思える。そう思いたいだけなのだろうか。私はまだまだ甘いのだろうか。

「山本次郎という男について調査報告書をまとめたら、優子の兄からの依頼ということにでもして彼女に送ってください」山本が内ポケットから封筒を取り出してテーブルの上に置いた。「約束の成功報酬です」

「罪滅ぼしのつもりですか」

私は訊いた。

「そんなもんじゃないよ。ただ、今の私は盲目なだけだ」

「あなたの正体と住所を教えたら警察に訴えられるかもしれないし、あなたのところにやってくるかもしれないですよ」

「そうなったらそうなったでしょうがないよね」

山本はそのどちらもないと心の中では思っているのだろう。

「あなたはずるい人間だ」

私は山本を見据えながら言った。山本は私の視線をそらさない。今までの自分ならしばらく目の前の男を睨《にら》みつけていただろう。だが、私のほうが先に視線をそらした。

はるかの顔が脳裏に浮かんだからだ。

ずるい人間だ――目の前の男に投げつけたはずの言葉が私の心に突き刺さっていた。目の前の男と対峙《たいじ》していると悪党を映しだした鏡を見せつけられているような気がしてくる。

私は封筒を手に取って立ち上がった。自分の卑しさを映しだす鏡から早く逃げ出したい一心だった。

第五章　慟哭《どうこく》

私は池袋の繁華街に足を踏み入れた。

夕暮れ時が近づいている通りは風俗店やパチンコ店などの派手な電飾で彩られている。路地を一本入ると周囲の喧騒《けんそう》が嘘のようなうらぶれた通りがあった。薄汚い雑居ビルの前に『ＤＶＤ販売』という粗末な看板がぽつんと立っている。私は地下の店舗に通じる階段の前でしばらく逡巡《しゅんじゅん》していた。

階段を下りて店内に入ると、壁一面に卑猥《ひわい》な写真が貼ってある。ボールペンとメモ帳を持った客が写真を見ながら購入するＤＶＤを選んでいた。

一通り写真を見廻《みまわ》してみたが、男女の性器があらわになったものや、子供の裸が写し出されている児童ポルノなど、あきらかに違法なＤＶＤだ。

「お客さん、気に入ったのがあったら番号を書いてね」

店員がテーブルに置いてあるメモとボールペンを指さして言った。

「ここに出てるだけ？」

私はサングラス越しに男を見据えながら訊《き》いた。

「どういうジャンルを探してるの」

「レイプもの」

私は男の嗜好《しこう》であるだろうジャンルを言った。

「ちょっと待ってな」

男は店の奥に入っていった。しばらくすると数枚のDVDを持ってきた。

「これはちょっとヤバいものだよ」男がにやけた顔で言った。「やらせじゃないから。マジで犯《や》ってるレアものだよ。女子高生を四人の男で輪姦《まわ》すんだけど、女の泣き叫ぶ姿が最高でさぁ。ちょっと高いけど絶対に買いだよ」

嬉々《きき》とした表情で力説している男を見ているうちに、胸の底からぐらぐらとした感情がこみ上げてくる。激しい嘔吐《おうと》感に襲われた。

「また来る」

男に言って、私は店を出た。階段を上って外に出るとその場で深呼吸を繰り返した。あの澱《よど》んだ空気の中で体の中のすべてが毒されてしまったようだ。

私は急いで表通りに出てゲームセンターに入った。トイレの個室に入り、変装用の帽子とサングラスと口ひげを取る。上着を新しいものに替えて今まで身につけていたものを鞄《かばん》に詰め込んだ。

すべての準備を終えると、また嘔吐感に襲われて、便器に向かって吐いた。

寺田正志と対面していた間、ずっと吐き気に襲われていたが、まさか本当に吐いてしまうとは思っていなかった。

私は便器の中に唾《つば》を吐き捨ててトイレを出た。


六時過ぎに寺田がＤＶＤ店から出てきた。

私はゆっくりと寺田の後を追った。寺田は池袋から新宿に行き、中央線に乗り換えた。田所の店がある武蔵境に行くのだろうか。

寺田は優先席に大股《おおまた》を開いて座り、薄気味の悪い笑みを浮かべている。

あの男は、姉のゆかりを殺した自分の罪を反省などしていない。先ほど、ＤＶＤの紹介をしていたときの表情がすべてを語っている。

私は心の中で燃えさかる憎しみの焔《ほのお》を抑えるのに必死だった。

ゆかりを殺した寺田や田所が社会の中で平然と生きている姿を見ていると、心がかきむしられそうになる。辛《つら》くてしかたがないが、それでもこの男たちを監視し続けているのは、ゆかりを殺した本当の報いを与えるためだ。ゆかりが感じた苦しみや絶望、私や両親が感じた悲しみにはとても及ばないだろうが、この男たちに激烈な痛みをもたらすものは何かと探し続けている。

田所に関する情報ははるかから時々入ってくる。だが、この一週間仕事が忙しくて、私は寺田の行動を監視することができなかった。

吉祥寺駅で寺田が電車を降りた。駅前でしばらく待っている。田所がやってきてふたりは近くのデパートに入っていった。

紳士服売り場で寺田が高価そうな服を吟味している。支払いは田所がしていた。遠くからではあるが、田所の表情が引きつっているのがわかる。寺田が買った服をそのまま着て店を出てきた。

ふたりはデパートから出ると『レディージョーカー』に向かった。はるかが勤めるキャバクラだ。

私は三十分ほど時間を空けて『レディージョーカー』に入った。

寺田と田所の周りには四人の女性が座っている。その中にはるかもいた。

「こんにちは」

私の隣にキャバクラ嬢が座った。初めてつく女性だ。私は適当な世間話をしながら、寺田たちの様子を窺《うかが》っていた。

はるかには仕事で田所のことを調査していると話していた。だから、田所のことで何か情報が得られたら教えてほしいと頼んでいる。

寺田は隣に座ったはるかが気に入っているようで、露出した肌を撫《な》でながら必死に口説いているようだ。はるかが私に気がついた。こちらに目を向けながらしきりに何かを訴えようとしているのがわかる。

「はるかさんからです」

黒服がやってきてテーブルの上にメモを置いた。『HELP　場内指名して』と書いてある。

薄暗い店内にいても寺田に対する嫌悪感をあらわにしたはるかの表情がわかる。私は黒服にはるかを指名した。

黒服がはるかに伝えに行くと、寺田が露骨に嫌な顔をした。こちらにやってくるはるかと、私のことを睨《にら》みつけてくる。

「そうとう気に入られてるみたいだな」

私は小声ではるかに言った。

「あの人ぜったい無理……蛇みたいな目ですり寄ってきて『いくらだったらやらせてくれるんだ？』って……信じられる？」

「当然うまくかわしたんだろ」

「私は好きになった人としか寝ないわよって言ってやった。相手のことがよくわからないと好きにもなれないともね……もっとも、いくらあなたのことがわかったとしても寝ることなんてありえないとは口にしなかった。とりあえずプロとしてね」

「さすがだな。あのふたりはどういう間柄だって言ってる？」

一応、訊いてみた。

「高校の同級生で、田所さんの店のアドバイザーをやってるって言ってた」

「アドバイザー？」

「そう。田所さんが店をやれているのはおれのおかげだって自慢してた」

「黙って頷《うなず》いてる。大切な人だからいつでもおれのツケでもてなしてくれって」

寺田は田所の弱みを握っている。寺田はあの事件のことをネタに田所を恐喝しているのだろう。ゆかりを殺した事件をネタにして……

「ねえ、修ちゃん、今日は部屋に寄っていってね」

はるかが甘えるように身を寄せてきた。

今日一日、寺田の姿を見続けてきた嫌悪感が胸にこびりついている。さっさと自宅アパートに戻って休みたかったが、はるかにひとつ頼みたいことがあった。

「ああ……わかった。閉店後に店の外で待ってる」

私が答えると、はるかは嬉《うれ》しそうに微笑んだ。

部屋の前まで来たところで、はるかが立ち止まった。バッグの中に手を入れて何かを探している。

「修ちゃん、ちょっとこれをつけて」

差し出されたのはアイマスクだった。

「何だ、これ……」

「いいから……ちょっとびっくりさせたいの」

何でこんなものをしなきゃならないんだ。面倒だったが、これからのことを考えると少しでもはるかの機嫌をとっておかなければならない。私はしかたなくアイマスクをした。

　はるかが手を握って私を誘導した。

「そこで靴を脱ぐからね」

　靴を脱がされ、私は前に進んだ。

「ちょっとこのまま待ってて」

　部屋の中で何やらごそごそとやっている気配がする。

「取っていいよ」

　はるかの声にアイマスクを外した。

　薄暗い部屋に何本かのロウソクが見えた。はるかがハッピーバースデーをひとりで歌いながらケーキを持っている。

　今日は――

　私はケーキに突き刺さったロウソクを見て思い出した。今日が自分の誕生日ということではない。ゆかりの命日だということを。

　はるかは笑顔でハッピーバースデーを歌い終えると、ケーキをテーブルに置いた。

「修ちゃん、座って」

　私が座ると、はるかはケーキを切り分けたり、シャンパンをグラスに注いだりした。

　乾杯すると、はるかがプレゼントを渡した。包装をやぶり中を見てみるとサングラスが入っていた。

「修ちゃんに似合いそうだなと思って」

誕生日プレゼントを目にして、私は苦笑した。最後にもらったのは十五年前——親父からもらったアウトドアナイフだった。

あれ以来、私は誕生日を祝ってもらっていない。両親はそれでも毎年私の誕生日が近づくたびに祝おうとしてくれたが、私がそれを拒否してきた。

私にとってこの日は、自分が生まれた記念日ではなく、ゆかりが殺された忌まわしい日でしかないのだ。

「ありがとう」

私は言った。

「喜んでもらえた？」

「ああ……冬美……ありがとう」

私は初めて冬美と呼んだ。これから頼みごとをするのにそう呼んだほうが効果的だと思ったからだ。

「冬美……実はひとつ頼みたいことがあるんだ」

「なに？」

「さっき、『レディージョーカー』にいた男……寺田って言ったよな……あの男は今回の調査のキーマンになる存在なんだ。何とかして寺田の部屋に盗聴器を仕掛けられないだろうか」

はるかの表情がこわばった。

翌朝、はるかが寝ている間に私は部屋を出た。

はるかのマンションがある荻窪《おぎくぼ》から電車を乗り継いで東松山駅に向かう。ゆかりの墓がある霊園は東松山市内にあった。

ゆかりに何を報告すればいいのだろう。

私はゆかりの墓前に花を供えて、手を合わせながら考えていた。

ゆかりが殺されたとき、中学三年生だった私はいつの間にか三十歳の大人になっていた。だけど、今でも十七歳だった姉に問いかけている。私はこれからどうすればいいのだろうか。これからどう生きていけばいいのだろうか、と。

私は目を開けて立ち上がった。

今日もゆかりは何も答えてはくれなかった。

出口に向かって歩いていると、向こうのほうから背広姿の男が花を抱えてやってくる。

「修一くん……」

男が立ち止まって私に声をかけた。

「何年ぶりだろうな……」

向かいに座った松山俊介《しゅんすけ》が感慨深そうに言った。

「十年ちょっとじゃないですか」

私はコーヒーをひと口飲んでから答えた。

高校を卒業して警察学校に入ってから松山とは会っていない。

ゆかりの墓前に手を合わせる松山を見届けたら帰ろうと思っていたのだが、松山が少し話せないかと私を近くにある喫茶店に誘った。

目の前の松山を見ていると、言葉以上に、時間の流れを感じる。

私の記憶にある松山の姿は悲愴《ひそう》なものだった。

ゆかりの遺体を発見したときの衝撃はすさまじいものだっただろう。私自身も経験したことだから松山が心にどれほどの深い傷を負ったのかはよくわかる。

それ以来、松山は学校を欠席しがちになり、翌年に控えた大学受験にも失敗し、それからずっと家の中に引きこもるような生活を送ることになった。

いつか必ずゆかりの仇《かたき》をとる——

私と会うと、松山は口癖のように言っていた。

清々《すがすが》しかったスポーツマンの顔は消え失《う》せ、人が変わったように暗い目をしてそう呟《つぶや》く松山に危うさを感じることもあったが、私は嬉しかった。

それだけゆかりのことを愛していたということなのだから。

だが、目の前の松山は本来の爽《さわ》やかさを取り戻し、自信に満ち溢《あふ》れた大人の男になっていた。

その変化は、私にとって、残酷でさえあった。

「本当は昨日来たかったんだけどどうしても外せない仕事があって……修一くんは、昨日は来なかったのか？」

松山の問いかけに、私は頷《うなず》いた。

私は四年前から命日にではなく、その翌日に姉の墓参りをするようになっていた。命日に墓参りをすれば、両親や親戚《しんせき》と顔を合わせることになるからだ。

「今は何をしているんだ？」

松山が訊《き》いた。

私が警察を辞めたことを知っているのだろう。

「大宮にある探偵事務所で働いてます」

私は松山に名刺を差し出した。

「探偵……」松山が驚いた顔でしばらく名刺を見つめている。「何か小説に出てくる主人公みたいだな」

私は苦笑した。

警察官をクビになった男が探偵になる。たしかに探偵小説によく出てきそうな話だ。

「てっきり実家を継いでいるのかと思った。お父さんもそろそろいい年齢《とし》だろう」

私の実家は和光《わこう》市で理髪店をやっている。ゆかりの事件が起きるまでは、漠然と、将来は理容師になって父の店を継ぐのだろうと考えていた。子供の頃からよく店のソファに座って漫画を読みながら、客の髪を切る父の仕事を見ていた。ゆったりと時間が流れるその空間が私は嫌いではなかった。

ゆかりが殺されたことで、そんな穏やかな空間も壊されてしまったのだ。

犯罪被害者やその家族は世間から好奇の目を向けられる。殺されたゆかりには何の落ち度もないはずなのに、近所では様々な噂話や憶測が流れた。腫《は》れ物《もの》に触るように接してくる周りの人たちの態度も時には辛《つら》くもあった。今まで店にやってきていた客も、犯罪被害者の親である父や母とどういう風に接していいのか困惑したのだろう、次第に遠ざかっていった。

私は、悲しみや苦しみや憎しみがからみついてくるあの家から早く出たいと思った。

「修一くんにはずっと警察官でいてほしかった……」

松山の言葉を聞いて、いつの間にか伏せていた顔を上げた。

「ゆかりの事件のショックでどうにかなってしまったおれを立ち直らせてくれたのは修一くんだったんだ。警察官になりたい。警察官になって悪い人間をたくさん捕まえて、姉さんの供養にしたい。おれが家に引きこもっているときにそう言ったよな。その言葉が、憎しみだけに支配されていたおれを立ち直らせてくれたんだ」

「松山さんの中からあいつらに対する憎しみは消えたんですか」

私は訊いた。

「完全に消えることはないだろう。今でもあの頃のことを思い出すよ。だけど憎しみだけでは生きていけないと知った」

松山が私の目をじっと見つめながら言った。私の心の中で今も激しく燃えさかっている憎しみの焰《ほのお》を見透かしているように思えた。

「ここに来るのは今日が最後だ……」松山が窓の外の霊園のほうを見て言った。「来月、結婚するんだ」

「おめでとうございます」

私は精一杯の微笑みを浮かべた。だが、心の中ではどうしようもない寂しさがこみ上げていた。

「この人物を捜してほしいのですが……」

依頼人が丁寧に頭を下げながら言った。

差し出された名刺には『埼玉第一法律事務所　弁護士　鈴本茂樹《すずもとしげき》』とあった。

年齢は五十五歳。若干目もとに疲れが滲《にじ》んでいるが、実直そうな紳士である。

「久保田篤史《くぼたあつし》さんという人物の所在をお捜しなんですね」

私は調査依頼書の調査対象者の欄を指さしながら訊いた。

「そうです」

鈴本が頷いた。

「失礼ですが……これは鈴本さんのお仕事がらみの調査なのでしょうか」

普段はこういう質問はあまりしないが、興味があって訊いてみた。

弁護士から依頼を受けるのは初めての経験だった。大きな法律事務所であれば事務所内に調査機関を設けているところもあるし、外部に頼むとしても、私が言うのも何だがもう少し大きくて信用のおける探偵事務所を選ぶだろうと思った。

「いえ、名刺を出してしまいましたが今は休職中でして。あくまでも個人的な調査です。ただ、まったく仕事がからんでいないとも言えないかもしれませんが……」

「どういうことでしょうか」

「捜してもらいたい彼は、かつて私が弁護を担当した元被告人なんです」

鈴本が言った。

被告人——調査対象者はかつて罪を犯した者ということだ。

鈴本がどうしてこの事務所を選んだのかを理解した。同時に、私は気が重たくなった。

「どういう事件だったのでしょうか」

私は訊いてみたが、鈴本はしばらく言い淀《よど》んでいる。

「お話ししたくなければけっこうですが、彼を調査するとなればおのずとわかることですよ」

「そうですね。ただ、彼のプライバシーは守ってくださいい。調査を受けてくださる際にも……」

「わかりました」

鈴本は久保田篤史のことについて話し始めた。

久保田は十二年前に強姦《ごうかん》事件を起こして逮捕された。車に乗って駅前などでナンパを繰り返していた久保田は、車に乗ってきた女性とドライブに出かけ、車内で女性を暴行したという。鈴本が国選弁護人として久保田の弁護を担当することになった。鈴本は刑事事件や少年事件を主に担当している弁護士だという。

「久保田くんは接見のときから、女性とは合意だったと主張していました。私も裁判でそれを主張しましたが、女性は顔などを殴打されていたことから裁判ではその主張は認められませんでした。ただ、事件当時、久保田くんは二十歳と若かったこともあり、なおかつ初犯で本人も反省の気持ちを持っているという情状面を訴えて、懲役二年という判決になりました」

事件の概要はわかったが、ひとつだけわからないことがあった。

「どうして彼の所在を知りたいのですか」

私は直截《ちょくせつ》的に訊いた。

「刑務所を出た彼がちゃんと更生しているのかを知りたいのです」

嘘だと思った。

もちろんそういう理由もあるかもしれない。自分が担当した元被告人がきちんと更生をしているだろうかと。だが、それだけではないように思う。

鈴本は今までに多くの刑事事件の弁護を担当していると言った。当然担当した被告人の数も相当いるだろう。それらすべての者の出所後の状況を調べることなどできない。なぜ、たくさんの弁護をした中から久保田のことが気になるのか。

「彼の所在につながるものは何かありませんか」

私が言うと、鈴本が鞄《かばん》の中から葉書を取り出した。

「九年ほど前に一度、事務所のほうに送られてきました。おそらく出所してすぐの頃でしょう」

年賀状で『その節は大変お世話になりました。これからはまっとうな人生を歩んでいきたいと思います』という文面が添えられていた。

「住所は千葉県の君津《きみつ》市内にある自動車整備工場の社員寮でした。最近、問い合わせてみたんですが、彼は六年前に退職して今はどこにいるかわからないということでした」

私は鈴本の依頼を受けるべきかどうか迷った。だが、何か切迫した事情を抱えていそうな鈴本の表情に心が動いた。木暮は留守にしているが、独断で仕事を引き受けることにした。


「佐伯くん、この依頼受けたの？」

木暮が調査報告書を一瞥《いちべつ》して訊いた。

「受けましたけど何か問題がありますか。今は他に仕事も入っていませんし……」

「いやあ、いいんじゃない。金払いがよさそうな客だし、まあ、頑張ってね」

まったく——木暮はいつもこれだ。

依頼人が弁護士ということでいつも以上に目が輝いて見える。

「佐伯くんのやる気がもっと出るように面白いことを教えてあげよう」

木暮が悪戯《いたずら》っぽい眼差《まなざ》しで言った。

「面白いこと？」

「この鈴本っていうのはね、榎木和也の弁護を担当してたんだよ」

木暮の話を聞いて、私は愕然《がくぜん》とした。

「それは本当ですか！」

私は今にも木暮に食ってかかりそうな勢いで訊《き》いた。

「そんなことで嘘を言ったってしょうがないでしょう。本人に訊いてみればいいじゃない」

ゆかりを殺した主犯の榎木の弁護を担当したのが鈴本だったなんて。

「まあ、佐伯くんにとっては憎き相手でしょう。せいぜいオプションを追加してぶんどってやりなさいよ」

木暮が私の肩をぽんぽんと叩《たた》いて出ていった。

私はその場からしばらく動けなかった。

「所長が弁護士からの依頼を引き受けるなんて珍しいわね」

木暮が帰った後、染谷がぼそっと呟《つぶや》いた。

「どういうことですか？」

私は訊いた。

「所長は弁護士が嫌いみたいなの。私は十年近くここで働いているけど、弁護士や法律事務所から依頼があっても所長はいつも断っているから。どんなに仕事がなかったときでもね」

「どうして所長は弁護士が嫌いなんですか？」

「さあねえ。奥さんと離婚したときにこっぴどくやられたんじゃない？　今でも月に百万円近くの慰謝料を払ってるそうだから。私は前の夫と離婚したときにふんだくってもらえたから、弁護士さまさまなんだけどね」

染谷が大口を開けて笑った。

月に百万円近くの慰謝料——木暮が浅ましいほど金に執着する理由の一端がわかったような気がする。

それならば、なぜ木暮は鈴本の依頼を了承したのだろう。私が依頼を受けたとしても所長の権限として断ればいいではないか。

それに——なぜ、木暮は私と榎木和也の関係を知っているのだろう。

四年前に木暮と知り合ってから、私は一度もゆかりの事件の話をしたことがなかった。

それに逮捕されたとき榎木は未成年だったから、新聞やニュースでは実名は報道されていない。木暮も十二年前まで埼玉県警にいたから知ろうと思えば知ることはできるだろうが……

木暮は、ゆかりの事件のことを、私が姉を殺された犯罪被害者の遺族であることを知っているのだろうか。

そういえばこの前も、私が田所のことを調べているのではないかと匂わすようなことを口にしていた。

携帯電話の着信音で我に返った。はるかからのメールだ。

『今晩、寺田のアフターに付き合うからアレを持ってきて』

キャバクラが入っている雑居ビルの裏口で待っていると、頭上からコツコツとヒールの音が響いてきた。見上げると、はるかが非常階段を下りてくる。

「持ってきてくれた？」

はるかが訊いた。

私は頷《うなず》いて、鞄の中から女性用のポシェットを取り出した。

はるかがポシェットを私の手から奪い取って中を確かめる。三穴のコンセントとボールペンが入っている。どちらも盗聴器だ。

「これをコンセントに差し込めばいいのね。ボールペンは寺田の鞄の中にでも入れておくわ」

「悪いな……こんなことを頼んで……」

「大丈夫だよ。仮に襲われたとしても、抵抗しなきゃ殺されるってことはないでしょう」

私ははるかと目を合わせることができなかった。

罪悪感が一気に噴き出してきたのだ。寺田がどれだけ危険な男かを一番知っているはずなのにはるかをこんなことに巻き込んでいる。最低なことをしているという自覚は嫌というほどある。だけど、それ以上に、寺田や田所の行動を把握したかった。あの男たちに本当の報いを与えるための材料を探すために。

「……って、冗談だよ。私は言い訳を考える天才なんだから。盗聴器を仕掛けたら何だかんだ理由をつけて出てくるわ」

はるかが笑いながら非常階段に向かった。

かける言葉が見つからず、はるかの背中を見つめていると「だけど……」と言いながら振り返った。私を見つめる。

「だけど、これだけは約束してね。もし本当に寺田と寝ることになっても私のこと嫌いにならないでね」

私は、はるかを見つめながら首を横に振った。

「そんな真似はしなくていい。ずっと近くにいるからやばそうな感じがしたらすぐにおれのところに連絡するんだ」

「それを聞いて安心した」

はるかはふっと微笑んで、非常階段を上っていった。

九時過ぎ、寺田が雑居ビルから出てきた。外で誰かを待っているようだ。しばらくすると私服に着替えたはるかが出てきた。一瞬、私のほうに視線を向けて、はるかが寺田の腕に自分の腕をからませる。閉店後のアフターではなく、はるかは店を早退して寺田に付き合うことにしたようだ。

私はふたりの後を追った。

はるかと寺田は近くにあるショットバーに入った。

私は外で待っていたので、ふたりが店内でどんな会話をしているのかはわからない。ただ、街を歩くふたりを窺《うかが》っていると、はるかが寺田に気があるように装っているのがわかる。

ショットバーから出るとはるかと寺田がタクシーに乗った。私もすぐにタクシーを拾って後を追った。

タクシーは石神井《しゃくじい》公園の近くにあるマンションの前で停まった。寺田とはるかがタクシーから降りてマンションの中に入っていく。

私もタクシーから降りてマンションの外観を見上げた。

十階以上ある新しいマンションだ。以前、尾行したときには寺田は新秋津にある古びたアパートに住んでいた。ここの家賃も田所に払わせているのだろうか。

私は近くにあるコンビニに入って雑誌コーナーに向かった。雑誌を読むふりをしながらマンションのエントランスを見つめていた。

苛々《いらいら》した気分で一時間ほど待っていると、エントランスからはるかが出てきた。

心細そうな表情であたりを窺っていたはるかが私に気づいた。笑顔になってコンビニに向かってくる。

「大丈夫か」

私は訊いた。

「大丈夫だよ……適当に言い繕って出てきた。寺田の部屋は二〇三号室。『丸山《まるやま》歯科』って看板が出ている電柱があるでしょう。あそこの横の部屋」

はるかが興奮したように言う。

「帰ろうか」

私は、はるかの背中に手を添えて促した。

「ちょっと付き合って欲しいところがあるんだ。大活躍したんだから今日は何でも言うこと聞いてくれるでしょう?」

はるかが甘えた顔で私を見上げる。

「飯か?」

「ううん。新宿に行きたい」

「新宿……何しに行くんだ？」

「いいから」

　私の手を引っ張ってコンビニを出ると、はるかがタクシーを拾った。

　はるかは新宿駅前でタクシーを停めた。タクシーを降りると、私の手を引っ張りながらデパートのほうに向かう。

「こんな時間じゃもうやってないだろう」

　と言いかけた私はその光景に目を奪われた。

　デパートの前の通りに何万ものイルミネーションが瞬いている。クリスマスのイルミネーションのようだ。デパートは閉店していたが、多くのカップルが周りを取り囲むイルミネーションを楽しんでいた。

「ここに来たかったのか？」

　私が訊《き》くと、はるかが頷いて腕をからませてきた。

「昔……彼氏と来たことがあったんだ」

「そうか」

「妬《や》いてる？」

「どれぐらい前の話だ」

　はるかが自分の話をするなんて珍しいなと思った。はるかはあまり自分のことを話したがらない。私が知っているのは、はるかの本名と年齢ぐらいだった。

「六年ぐらい前かな……東京に来てしばらくした頃だったから。男の人と初めてのデートだった」

「出身はどこなんだ？」

二ヶ月以上の付き合いになるのにそんなことさえ知らない。

「大阪」

「どうして東京に？」

「逃げるため……」

はるかが呟《つぶや》いて立ち止まった。

「何から逃げているんだ？」

はるかは答えなかった。代わりに私に抱きついてきた。

「修ちゃん……私のこと好き？　ずっと私のそばにいてくれる？」

必死に訴えかけてくる。

「ああ……」

私は答えた。

卑怯《ひきよう》な奴だと、心の中で自分を罵《ののし》りながら——


鈴本から電話があったのは依頼があってから五日後のことだった。

久保田に関する調査の進展状況を訊いてきたのだ。

この五日間の調査で、私はかなりの情報をつかんでいた。

久保田は六年前に千葉にある自動車整備工場を辞めてから、神奈川にある食品加工工場で働いていた。そこで同じ会社の同僚だった女性と結婚し、女性の実家がある奈良に移り住むことになったのだという。四年前のことだ。あとは奈良に行って、久保田の所在を確認するだけである。

「近いうちに奈良に行ってみるつもりです……その前に、お会いすることはできませんか」

私は鈴本に言った。

奈良に行って久保田の所在を確認するだけでいいのか、素行調査も続行すべきなのか相談する必要がある。だが、それ以上に、鈴本に会ってどうしても訊いておきたいことがあった。

私はこの調査をしている間、ずっと鈴本に対して鬱屈《うっくつ》した思いを抱き続けていたのだ。

そして、木暮に対しても同様の思いがくすぶっている。

木暮はどうして、私と榎木との関係を知っているのだろうか。訊いてみたかったが、木暮は鈴本の依頼を受けた日から事務所には出てきていない。

大宮市内のファミリーレストランで鈴本と会った。

鈴本は久保田の所在調査だけでなく、彼の素行調査、周りの人からの評判なども調べてほしいと言った。

「ひとつ、お聞きしていいでしょうか」

私は鈴本を見据えて言った。

「はい、何でしょうか」

私の視線に特別な意味を感じ取ったのか、鈴本があらたまって言う。

「どうして久保田篤史なんでしょうか」

私は訊いた。

「どうして……と、言いますと」

鈴本が私の質問に戸惑ったような目を向ける。

「どうして彼の所在を知りたいのですかと訊《たず》ねたときに、あなたは刑務所を出た彼がちゃんと更生しているのかを知りたいのです、とおっしゃいました」

鈴本が「そうです」と頷《うなず》いた。

「でも、あなたが弁護した人間は他にもたくさんいるわけですよね。強姦《ごうかん》はもちろん卑劣で重大な犯罪です。だけどそれ以上にひどい罪を犯している人間の弁護もあなたはしていらっしゃいます。例えば、榎木和也のように――」

鈴本が私を見つめながら「榎木和也――」と反復した。

「十五年前に埼玉県の和光市で女子高生を殺害した男です。三人の男たちでその女性をレイプして首を絞めて殺した……彼は懲役十年の刑を受けた。もう社会に戻っているはずです。あなたは榎木が更生したのかは気にならないんですか」

私は鈴本の中にある記憶を呼び覚まさせてやろうと言葉を続けた。

「佐伯ゆかりさん……」鈴本が思い出したように呟いた。「佐伯……あなたは……もしかして……」

「ゆかりの弟です」

鈴本が私を見つめながら絶句した。

長い沈黙があった。やがて、私の質問の意味を得心したように、鈴本がゆっくりと頭《こうべ》を垂れた。

「一年前に娘を亡くしまして……」

唐突に鈴本が呟いた。

私は一瞬、何と言葉を返していいのかわからなかった。

「娘は十七歳の高校生でした。出会い系……というんですか、そういうので男と知り合って、ホテルで殺されたんです。アレが……いや、性行為が下手だと娘になじられてカッとなって首を絞めたと犯人の男は供述したそうです。犯人は二十歳の大学生でした」

娘の事件のことを語る鈴本の体が一回り縮んだように感じる。

「佐伯ゆかりさんを殺したような犯罪者の弁護をするなんて、何て人間性のない男だろうと、あなたは思っているでしょうね。でも、私には私なりの信念がありました。凶悪な事件の弁護などを引き受けても正直なところ得するものはありません。世間からの憎悪の視線を浴びながら仕事をして、国選弁護人であればたいした報酬も得られない。ただ、誰かがこの仕事をやらなければ、罪を犯した人間ときちんと向き合う弁護士がいなければならないと、その一心で続けてきました」

自分の仕事を誇っているのに、鈴本の目は悲しそうだった。

「ただ、娘が亡くなったことでその信念も崩れてしまいました。私は正しいことをやってきた……そう思ってきたのですが、娘の事件の裁判を傍聴したときにその信念は音を立てて崩れていきました。弁護人はできるだけ被告人の罪が軽くなるように様々なことを主張してきます。当たり前ですよね、私も当然そうしてきたのですから。ただ、被害者の側の立場に立つとその主張のすべてが理不尽なものに思えてしまうのです。どうしてそんな人間の肩を持つのだ。どうして殺されてしまった娘のことをもっと慮《おもんぱか》ってくれないのだと。ただ、私の周りの人間にはとてもそんなことは口にできません。裁判を傍聴しながら、頭の中で過去の判例と照らし合わせて犯人の量刑を想像している自分がいます。おそらく大した罪にはならないでしょう。数年すれば社会に戻ってこられます。私はこれまでに被告人の罪が少しでも軽くなるようにと思ってきました。それが仕事ですから。ただ……ひとり娘を殺した代償はこんな軽いものなのか、大切な人の命の代償はこんなものなのかと……当事者になって初めてその理不尽さを思い知りました」

鈴本の目に涙が滲《にじ》んでいた。

「三年前に妻を亡くした私には、ひとり娘を殺されてしまった悲しみと、犯人に対する憎しみを共有できる人がひとりもいなかったのです。そんなときに、私は犯罪被害者を支援する団体の存在を知りました。犯罪の被害に遭った方やその家族が互いの窮状を訴えながら支え合っている会です。私はその会に参加することにしました。同じ思いをしている人たちに、私の悲しみを聞いてもらいたかったですし、私の憤りをぶつけたかった。そこで出会ったんです……」

「久保田篤史が起こした事件の被害者ですね」

私は、なぜ鈴木が久保田のことを調べようとしたのかに思い至った。

「いえ、被害者本人ではなく被害者のお母さんでした。お母さんは娘さんの事件をきっかけにこの会に入り、中心メンバーとして犯罪被害者の権利を訴える活動をしていました。特にお母さんが訴えていたことは強姦罪の刑罰が軽すぎるということでした。刑事事件では外見的な傷や生死に重きが置かれますが、強姦された女性の心の傷は簡単に癒《い》せるものではなく、時には心を殺してしまうものだと訴えていました。被害に遭った女性が事件の二年後に自殺したことをそのとき初めて知りました」

鈴本が宙を見つめるように言葉を切った。そして続けた。

「裁判の準備をしているときに、私は被害者の女性が事件前に友人に誘われて何度かテレクラに電話をかけていたことを知りました。もっともその証言をした友人は被害女性はたまたま付き合わされてかけただけだと言っていましたが。ですが、私は裁判でそのことを出して、被害女性も無防備で落ち度があったのではないかと主張しました。それ以来、彼女は事件に遭ったのは自分のせいだと考えるようになり、ずっと自分を責め続けていたそうです。そして自殺してしまった」

私は鈴本を見つめながらゆかりの事件のことを考えた。

榎木の裁判を担当したとき、鈴本はどんな弁護をしたのだろう。鬼畜にも劣るような罪を犯した榎木には懲役十年という軽い罰しか下されなかった。裁判から戻ってきたときの、両親の沈痛な表情がよみがえってきた。

「私はその場から逃げ出そうとしましたが、お母さんと顔を合わせてしまったのです。お母さんは久保田の弁護をした私の顔を覚えていました。そして、『あの男は今どうしているんですか』と、私に訊《き》きました。私はわかりませんと答えるしかありませんでした。するとさらにこう言いました。『あのときあなたは、被告人はまだ若く、今回の事件を教訓として必ず更生するでしょうと言いましたよね。あの言葉にどれぐらいの責任を持っていたんですか』と……私は返す言葉が見つからずに逃げるように会場を出て来ました」

鈴本が嘆息を漏らした。

「それで、久保田が今どういう生活を送っているのかを知りたいんですね」

私が言うと、鈴本が小さく頷いた。

「それを知ってどうするおつもりですか。そのお母さんに伝えますか」

私は訊いた。

「わかりません」鈴本が力なく首を振った。「ただ、私が知りたいだけなんです」

目の前を走るタクシーがマンションの前で停まった。

「どうしますか？」

タクシーの運転手が私に訊いてきた。

「あのマンションの少し先で停めてください」

私は答えた。

停車したタクシーから田所が降りてきた。田所はそのままマンションのエントランスに入っていく。

夜、はるかから『田所が店に来ている』とメールがあった。店に行くと田所がひとりで飲んでいた。寺田は一緒ではないようだ。しばらく飲んでいると田所の携帯電話が鳴った。田所はいったん席を外して、戻ってくると不機嫌な顔をしながらチェックをした。店に入ってから三十分も経っていなかったが、私もチェックをして田所の後を追うことにした。

私はタクシーを降りると、マンションに向かった。『丸山歯科』の看板がかかっている電柱まで来ると、鞄《かばん》の中から受信機を取り出した。録音用のボイスレコーダーをつなぎ、イヤホンを両耳にあてて周波数を合わせる。

――引っ越したばかりだっていうのにもうこんなに散らかしてるのか。

男の声が聞こえてきた。

――うるせえよ。それよりも銀行に行ったら金入ってなかったぞ。どういうことだよ？

いきなり肩を叩《たた》かれて、私は驚いて振り返った。

はるかが立っている。

「どうして」

私は焦って言った。

「お腹が痛いからって早退してきちゃった」

はるかが笑って言う。

「すぐ帰るんだ」

「いやだよ、私は修ちゃんの助手だから」

と言って、私の左耳からイヤホンをとって自分の耳につける。

「ふざけるな」

私は怒った。

「修ちゃん、本当にプロの探偵なの？　こんなところでひとりで突っ立ってたらチョー挙動不審だよ」

――なあ、マサシ……もういいかげんにしてくれないか。

イヤホンから声が聞こえてきた。はるかを帰したいのはやまやまだが、私は耳に集中することにした。

――おまえのためにもう二百万近く使ってるんだぞ。おれはおまえが思っているほど金持ちじゃない。一杯七百円のラーメンを売ってどれぐらいの利益があるかわかるか？　おれにとっておまえは大切な友人だ。だからやり直せるきっかけになればと思って今までしてきたけど……

――あの女とはうまくいってるのかよ。

長い沈黙があった。

――知ってるんだぜ。最初はどうしてあんなばばあと付き合っているのかと不思議だったけど、あの女、竹脇フーズの社長の娘だろう。

竹脇フーズは都内に何店舗ものファミリーレストランや居酒屋を出している会社だ。社長の竹脇功《いさお》は成城に豪邸を構えている。田所は竹脇の娘の幸子《さちこ》と交際していて、結婚を考えているようだ。

――そのうち竹脇フーズの次期社長かぁ。ケンジはおれの誇りだよ。ちょっと待ってな。いいものを見せてやるよ。レア物だぜ……

しばらくすると耳から女性の絶叫が聞こえてきた。「やめてーっ！　やめてっ！」と叫ぶ声が頭の中を駆け巡る。その声を聞いているうちに体が激しく震えてきた。

――おまえ、これ……

——捕まる前にダチに預けてたんだよ。おまえ、あの女をちゃんと抱けてるのか？　おれはこの前生身の女を抱きたくてソープに行ったけどぜんぜん勃《た》たなかったよ。きっと泣き叫ぶ女を無理やり犯《や》らなきゃ興奮できない体になっちまってるんだよ。だからおれはいまだにこれを見ながらオナニーする毎日さ。おまえがにやけた面で佐伯ゆかりを犯している姿を見ながらな。

はるかが私の袖《そで》をぎゅっとつかんだ。

「何なの、いったい……」

はるかの顔が蒼《あお》ざめている。

——このＤＶＤの価値はどれぐらいだ？

——おれを脅すつもりか？

——とんでもない。ケンジには成功してもらわなきゃな。おれたちは運命共同体なんだから。

ゆかりの泣き叫ぶ声が頭の中でこだましている。

私の心は怒りの焔《ほのお》で燃えさかっていた。

頭の中は真っ白で、自分がどこにいるのかさえはっきりとはわからない。ただこの場所から遠ざかりたいと必死に足を踏み出していた。だけどどんなに歩いても、ゆかりの泣き叫ぶ声が耳から離れない。

腕をぎゅっとつかまれて、私は足を止めた。

「修ちゃん……待って！」

はるかが私の腕をつかんでいる。

あたりを見回した。闇に包まれた公園の中にいた。

「修ちゃん……どういうことなの？」

はるかが必死の形相で問いかけてくる。

「あの寺田って男はいったい何なの？　どうして女の人の悲鳴が……佐伯ゆかりって言ってたけど……」

はるかの目が潤んでいる。

「おれのあねきだ」

私が答えると、はるかがびくっと身をすくませた。

「修ちゃんのお姉さん……？」

意味がわからないという顔で私を見つめる。

「じゃあ……さっき寺田が言っていたＤＶＤっていうのは……」

「あねきを殺したときに撮ったものだろう……」

「殺したときって……」

私の話に衝撃を受けたようだ。はるかが立ち尽くしたまま私を見つめている。

「あの男たちは十五年前にあねきを殺したんだ。三人の男たちであねきをさんざん陵《りょう》辱《じょく》した挙句、最後には首を絞めて……」

「田所と寺田の調査は……仕事じゃないの……？」

はるかが絞り出すように訊いた。

「ああ……今までおまえに嘘をついてきた。あねきを殺した男たちは逮捕されて、わずかばかりの間、刑務所に入っていた。だけど、それがあの男たちへの罰だなんて思えない。おれは本当の報いを与えるためにあの男たちのことを調べていた。そのために……おまえを利用してたんだ……」

はるかの目が寂しいものに変わった。

「すまないと思っているけど……おれはこういう男なんだ。君が好きになるような男じゃない」

私ははるかと向き合っているのが辛《つら》くなって踵《きびす》を返した。ゆっくりと足を踏み出す。

「ひとりにならないで！」

背後からはるかが叫んだ。

「辛いときにひとりにならないで！」

足を止めて振り返ると、はるかが駆け寄ってきて私に抱きついてきた。

「ひとりになっちゃだめ……私がそばにいるから……辛いときはひとりにならないで……」

私の心の中の焔を吸収しようとするように、胸の中ではるかがずっと泣き叫んでいた。

「冬美……」

彼女を強く抱きしめた瞬間、その名前が自然と口からこぼれた。

三日後、私は久保田が住んでいるという奈良にいた。

新大阪から電車を乗り継いで学園前駅からタクシーに乗った。タクシーで十五分ほど行くと住宅街があった。

「この辺りだと思いますけど」

メモに書いた住所を見ながら運転手が言った。

タクシーから降りてしばらく周辺を歩いていると、ある光景が目にとまった。一軒の家の前で大勢の喪服を着た男女が嗚咽《おえつ》を漏らしている。自宅で葬儀をしているようだ。

何かの予感に導かれるように、私はその家に近づいていった。

「調査報告書です」

私はテーブルの上に封筒を置いた。

向かいに座った鈴本が封筒の中から調査報告書を取り出して読み始めた。しばらく読んだところで表情が固まった。私を見つめる。

「彼は亡くなったんですか？」

鈴本の問いかけに、私は頷《うなず》いた。

久保田篤史は私が会いに行った日の二日前に亡くなっていた。

自宅近くの民家で火事があり、逃げ遅れた幼児を助けようとして久保田は火の中に入っていった。二階にいた幼児を救出して外にいた近隣住人に投げ渡したが、久保田はその後すぐに火に包まれてしまったという。

久保田の自宅の前で立ち尽くしている私に、義母が声をかけてきた。

私は久保田がかつて勤めていた自動車整備工場で世話になった後輩だと告げた。たまたま奈良にやってくる機会があったので伺ったのだと。

焼香してやってくださいと、義母が私を家の中に案内した。

祭壇の横では久保田の妻が幼い子供を抱えながら泣き崩れていた。弔問客のほとんどが、「あんなにいい人が……」と嗚咽を漏らしている。

久保田は近隣住民からも評判のいい人物だった。近隣に住む老人のために仕事の合間にボランティアもしていたという。室内に響く嗚咽の数が、言葉以上に、そのことを実感させる。

「彼は立ち直っていたんですね……」

鈴本は調査報告書を読みながら涙を浮かべていた。

私は小さく頷いた。

「そうか。あの男は死んじまったのか――」

私が振り向くと、間仕切りの向こうに木暮が立っていた。

いつの間に事務所にやってきていたのだろう。

「所長、こちらは今回の依頼人の鈴本さんです」

私が紹介しようとすると、鈴本が木暮を見つめながら顔をこわばらせている。

「あなたが……ここの所長……？」

鈴本が上擦った声で言った。

「警察を辞めてからこの探偵事務所を開きましてね。この度はうちの事務所をご利用いただいてありがとうございます」

木暮が頭を下げた。

だが、客に礼を言っている木暮の目は笑っていない。木暮と鈴本の間にはぴりぴりとした空気が漂っている。

「お知り合いだったんですか」

私は木暮に訊《き》いた。

木暮は私の問いに答えず、じっと鈴本を見据えている。

「久保田篤史に暴行されたお嬢さんのお父さんです……」

鈴本が呟《つぶや》いた。

私は驚いて、木暮を見つめた。

「前の女房から、先生と会ったときの話を聞いていました。わざわざあなたの自宅にうちのダイレクトメールを入れた甲斐《かい》があった――今回の調査はご満足いただけるものででしたか？」

「久保田くんは刑務所を出てから真面目に暮らしていたようです。それを知ることができて……」

「自己満足ですね」

木暮が鈴本の言葉を遮るように言い放った。

「これからあなたが弁護した被告人すべてのことをこうやって調べるつもりですか？」

「それは……」

鈴本が口ごもった。

木暮が鈴本の前のテーブルに封筒を投げた。

鈴本が封筒を開けて中に入っている紙を取り出した。調査報告書のようである。

「これは……」

鈴本が顔を上げて木暮に問いかけた。

「当社のサービスとして、この一週間私が調べていたものです。先生が担当した別の元被告人で、八年前にコンビニで万引きをして、追っかけてきた店員をナイフで刺して死なせた男の出所後の調査報告書です。たしかに、久保田は更生したのかもしれない。だけど、それがすべてではない」

「わかっています――」

鈴本が悲鳴に近い声を出した。

「わかっています……たしかにあなたの言うとおり、今回の調査は私の自己満足だ。あなたの奥さんから言われたことがずっと心に引っかかっていた」

「元、です」木暮が訂正する。「あいつの言葉はそんなに痛かったですかな」

木暮の問いかけに、鈴本がゆっくりと頷いた。

「裁判の後、あんたを殴ったときに今の痛みを感じてほしかったな」

「殴った？」

私は木暮に向いて訊いた。

「ああ。求刑より軽い判決が出たときに被告人に小さくガッツポーズをしたのを私は見逃さなかった」

「殴られたときにはあなたを憎らしく思ったが、今では……あなたにも謝らなければいけない」

鈴本が深々と木暮に頭を下げた。

木暮がそんな鈴本の姿をじっと見下ろしている。

「謝るぐらいだったら、うちにもうちょっと金を落としていってくれませんか。オプションを追加するというのはどうですかね」

「オプション？」

鈴本が頭を上げて訊いた。

「新しい依頼の予約です。何年後になるかわからないが、あなたのお嬢さんを殺した男が刑務所を出た後にこの事務所で所在調査をするというものです」

木暮の提案に、鈴本が戸惑いの表情を浮かべる。

「男が立派に立ち直ったのを知って、さっきのように喜べたなら、あなたの仕事は……あなたの人生は……間違っていなかったのだと私は認めましょう」

木暮が挑むように鈴本を見た。鈴本は目を閉じてしばらく考え込んでいる。

「予約させてください」

ゆっくりと目を開けて鈴本が言った。


「所長……」

私は鈴本が帰った後、木暮を呼び止めた。

木暮が私を振り返る。

「ひとつ訊かせてください。所長はなぜ榎木和也のことをご存知だったんですか」

私の問いかけに、木暮が惚《ほう》けたような目で見返してきた。

「佐伯くん……覚えてないの？　人生の恩人なのに」

人生の恩人――？

何のことを言っているのかさっぱりわからない。

「まったく……せっかく非行から救ってやったのに、つまらないことで前科持ちになりやがって」

木暮が呆《あき》れたように言う。

何を言っているのだろう――意味がよくわからない。

木暮が机の引き出しを開けて何かを取り出した。

「まあ、佐伯くんも多少は大人になったみたいだし、そろそろ返してあげなきゃいけないかな」

木暮が差し出した革製の鞘《さや》に収まったナイフを見て、十五年前の記憶が鮮明によみがえってきた。

あのときの刑事――

私は呆然《ぼうぜん》と木暮を見つめ返した。

ゆかりを殺した犯人が逮捕されたと知り、十五歳だった私はこのナイフを上着のポケットに入れ、家を飛び出した。警察に勾留《こうりゅう》されている犯人たちを殺したいという一心だった。だが、警察署に入った私は犯人たちがどこにいるかもわからず、とりあえず署内の警察官の目を避けるためにトイレに隠れた。ここの個室に隠れていれば、やってきた警察官の立ち話などから奴らがどこにいるのかを聞くことができるかもしれないと思ったのだ。

入ってしばらくすると、どんどんと個室のドアを叩《たた》かれた。私はドアを叩き返したが、外から男の「早く出てくれよー。漏れちゃうよー」という苦悶《くもん》の声にしかたなくドアを開けてしまった。

「やっぱり君だったか」

私の目の前に見覚えのある刑事が立ちふさがった。ゆかりの死体を発見した直後に事情を聴かれた刑事だった。

刑事はすぐにポケットの中でナイフを握り締めている私の手を押さえた。そしてポケットから取り出すと、鞘からナイフを抜き出してしげしげと眺めた。

「いいナイフだねえ。もったいないからあいつらを刺すんならもっと安物のナイフにしなさい。これはおじさんが預かっておくよ」

「返せ……」

私はそう言い返すのが精一杯だった。

「本当の大人になったら取りに来なさい」

刑事はそう言ってナイフを内ポケットにしまうと立ち去った。

あのときの……今まですっかり忘れていた。

「所長、老けましたね……」

私は木暮を見つめながら言った。

「これを返すためにあなたをこの事務所で雇ったんだけど……本当の大人になれたのかな？」

木暮が私の目をじっと見つめた。私の中の焔《ほのお》を見透かすように。

「まだ早いようだね」

木暮はそう言うと、ナイフを引き出しにしまって鍵《かぎ》をかけた。

私は仕事が終わってから冬美のマンションに向かった。

ここ数日――私はひさしぶりに寂しいという感情を抱えている。誰かと一緒にいたい。誰かに私の心の中にあるものを共有してもらいたい。それができるのはひとりしかいない。私の中にあのときから芽生えていた感情だった。

途中でケーキ屋に立ち寄って、冬美が好きそうなケーキをいくつか選んでもらった。ケーキが詰まった箱をぶらさげてマンションに向かっている途中でサイレンの音が聞こえてきた。マンションの前にたどり着くと救急車が停まっている。数人の野次馬が遠巻きに様子を見ていた。

何かあったのだろうか――

私は嫌な予感に締め付けられてエントランスに駆けていった。オートロックのボタンを押そうとしたとき、正面のエレベーターの扉が開き、ストレッチャーを押す救急隊員が出てきた。

自動ドアが開いて、救急隊員が私の横を通り過ぎていく。

私はストレッチャーの上に乗せられて苦しそうに悶《もだ》えている女性を見た。何があったのかは知らないが、目を背けたくなるほど女性の顔は腫《は》れ上がっていて血にまみれている。

次の瞬間、私の心臓が締め上げられた。
冬美だった――

第六章　帰郷

「冬美――！」

私はストレッチャーに駆け寄って、救急隊員を押し退けた。ストレッチャーに乗せられた女性を見つめる。間違いなく冬美だ。冬美の顔は腫《は》れ上がり、血にまみれている。

「冬美！　どうしたんだ」

冬美はストレッチャーの上で苦しそうに呻《うめ》いている。私の言葉に反応しない。

「お知り合いですか？」

救急隊員のひとりに訊《き》かれたので、私は頷《うなず》いた。

「病院まで同行していただけますか」

私は救急隊員と一緒に救急車に乗った。

いったい何があったんだ――誰がこんなひどいことを……

「修……ちゃん……修ちゃん……」

うわ言のような声が聞こえた。ひしゃげた鼻腔《びこう》に血が溜《た》まっているのだろう。聞き取りづらい声だった。

「どうした——おれはここにいるぞ」

私は冬美の手をぎゅっと握った。

「帰って……たんだね……ごめんね……お仕事……おつかれさまでした……」

「いったい誰がこんなことを……」

「心配させて……ごめんね……でも……私……許せなかったんだ……」

「許せなかった?」

「あの男たちが……許せなかった……」

腫れ上がった冬美の目からゆっくりと涙が垂れた。

病院に着くと、私は処置室の前で待っていた。ベンチにうなだれながら、ひりひりする時間を嚙《か》み締めていた。

私が仕事でいない間にいったい何があったのだろうか。わからない。わからないが、冬美をあんな目に遭わせたのは寺田か田所のどちらかにちがいない。

処置室から白衣を着た医師が出てきた。

「彼女はどんな様子なんですか!」

私はベンチから立ち上がって医師に詰め寄った。

「ずいぶんひどい怪我ですね」

医師が私を見て答えた。

「助かりますか」

私が訊くと、医師はかすかに微笑んだ。

「命に関わるような怪我じゃないです。ただ、相当ひどい暴行を受けたようで、鼻骨と左目の周辺が折れています」

「そうですか……」

命に別状はないと聞いて少しだけ安堵《あんど》した。

「身内のかたでしょうか？」

「いえ……あの……」

「お付き合いされているかた？」

私が言いよどんでいると医師が訊いた。私は頷いた。

「しばらく付き添ってあげてください」

処置室からストレッチャーに乗せられた冬美が出てきた。顔中に包帯が巻かれている。

私はストレッチャーの後についていった。

冬美は病室のベッドで静かに眠っている。

ふと、我に返って隣の椅子に視線を移すと、先ほど買ったケーキの箱が置いてあった。ふたを開けてみると、中のケーキはぐしゃぐしゃになっていた。

廃屋の床に転がっていたケーキの残骸《ざんがい》が脳裏をかすめた。

時計を見ると、夜の九時を過ぎていた。今日は一晩中そばにいてやりたいが、その前に確かめなければならないことがある。

私は握り締めていた冬美の手をそっと解《ほど》いて立ち上がった。

コンビニの雑誌コーナーから外の様子を窺《うかが》っていると、寺田のマンションの前に車が停まるのが見えた。田所が乗っているスカイラインだ。田所が車から降りてマンションのエントランスに入っていく。

私はコンビニを出てマンションに向かった。寺田が住んでいる二〇三号室の下、『丸山歯科』の看板がかかっている電柱まで来ると、鞄《かばん》の中から受信機を取り出した。イヤホンを耳にあてて周波数を合わせる。

呼び鈴の音が耳に響いた。

——遅えじゃねえかよ。

苛立《いらだ》ったような寺田の声が聞こえた。

——いったい何ごとなんだよ。こんな時間に急に呼び出したりして。おれだって仕事があるんだぞ。

田所が言い返した。

——緊急の用なんだよ。それにおまえにも訊きたいことがある。

——何だよ、訊きたいことって……

——あの、はるかって女はいったい何者なんだ。

——はるか？『レディージョーカー』のはるかのことか？ただのキャバ嬢だろう

が。

——ただのキャバ嬢がこんなもの持ってるかよッ！

——何だよ、それ……

——盗聴器だよ。これがおれの鞄の中に入ってたんだよ。

盗聴器という言葉を聞いて、私は動揺した。

——それに、あいつはおれがいない隙にこの部屋を物色しやがったんだよ。どういうことだよ！

——部屋を物色って……

——一昨日《おととい》の夜、『レディージョーカー』に行ったら、はるかのほうからアフターしようって言ってきたんだよ。店が終わってから飲みに行ったら、おれの部屋に来たいってな。それでこの部屋に来たんだが、そしたら急に腹が痛いって言いだして薬を買ってきてほしいって。このままじゃやれねえし、しょうがねえから薬を買いに行ってやったんだ。だけど、帰ってきたら「やっぱりお腹が痛いから帰る」ってメモを残して消えやがった……

——それで物色ってどういうことだよ。

——後で調べてみたら、この部屋でひとつなくなっていた物があったんだよ。

——なくなっていた物……

——DVDだ。あの女以外に考えられねえ。

DVD――姉のゆかりを襲ったときに寺田たちが撮影した映像のことだろう。

冬美はそのDVDを持ち出すために自ら寺田の部屋に行ったというのか……こんな危険な男の部屋に……たったひとりで……

私の胸は締め付けられ、息ができないほどの苦しさを覚えた。

――おまえの差し金じゃねえのか？

寺田が激しい口調で訊いた。

――差し金？　何言ってんだよ。

田所がうろたえたように答える。

――あのDVDを欲しがっている奴といったらおまえ以外に考えられねえ。

――おれじゃないよ。それにあのDVDを盗んだところでどうにもならないことはわかってる。

――そうだよな。あんなコピー一枚盗まれたっておれは痛くも痒《かゆ》くもない。でも、盗聴器は気になる……いったい誰に頼まれたのかを吐かせようと思って、昨日の夜に『レディージョーカー』に行った。

――それで……？

――はるかは休みだった。無断欠勤したみたいだ。閉店後に出てきた従業員を脅してあいつが住んでいるマンションを聞き出したんだ。おれは人を殺してるんだからおまえのことを殺したとしても何とも思わねえぞって脅したら簡単に喋《しゃべ》りやがった。今日の夕方、宅配便を装って、あいつがドアを開けた瞬間に羽交い締めにして部屋に押し入った。

――おまえまさか……殺しちまったんじゃないだろうな。

――ぼこぼこにしてやったけど死んじゃいないだろう。相当痛めつけてやったんだが、けっきょく何も吐かなかった……

寺田の話を聞いていて、激しい自責の念に駆られた。

冬美があんな目に遭わされてしまったのは、すべて私の責任なのだ。

――悲鳴を上げられたから逃げてくるしかなかった。ということで、おれは今警察に追われてるってわけだ。あいつはこの部屋の場所を知っているからすぐにでも出て行かなきゃならない。

――おまえ……何てことをしてくれたんだ。この部屋の保証人はおれなんだぞ。おれも警察から事情を聴かれるかもしれないってことか？

――そんなこと知ったことじゃねえ。適当に話せばいいだろう。自分は事件のことについては何も知りませんって。

――そんな言い訳が警察で通用すると思っているのか？　おれたちは殺人事件の共犯だったんだぞ。おれまであらぬ疑いをかけられるんだぞ。こんなこと竹脇さんに知られたら……

――社長の娘との結婚が破談になるか？

――逃げたってすぐに捕まるぞ。警察に出頭したほうがいい。殺したわけじゃないいんだろう……

田所が弱々しい口調で言う。

——警察に出頭……馬鹿なこと言ってるんじゃねえよ。今度は再犯だから相当長いことぶちこまれることになるんだぞ。臭い飯はたくさんだ。せっかくおれにも運がめぐってきたんだ。しばらく楽しませてもらう。おれの新しい口座だ。控えろ。

——新しい口座？

——事件が発覚したらおれの口座は使えなくなるかもしれない。これからこの口座に毎月百万円ずつ入金してくれ。

——百万って……おまえ、無理だよ……

——何言ってんだよ。キャバ嬢たちに月百万円で愛人にならないかと誘ってたのを知ってるんだぜ。おまえにとってははした金だろう。おれはおまえにとって愛人以上に特別な存在じゃないのか？　なんたっておれたちは兄弟なんだ。これ以上ないって体験をしたな。誠意を見せてくれるんなら、事件のことは墓の中まで秘密にしておいてやるよ。だけど、そうじゃなければ、おまえと社長の娘との披露宴の席であの映像を流してやるぜ。

ふたりの間に沈黙が流れた。

——わかった……おれなりの誠意を死ぬまで見せてやるよ。

意外なほどさばさばした口調で田所が言った。

——ここからは早く出て行ったほうがいいな。荷物をまとめよう。当座の金が必要だろう。コンビニに行って金を下ろしてくるからそこのファミレスで待っててくれ。おれの車で適当な隠れ場所を探してやるよ。

——さすがに、大物になる人間は話が早いね。

私は耳からイヤホンを外して、受信機を鞄の中にしまった。

これからどうするべきだろう。しばらくその場から動けないでいた。

今すぐ警察に報《しら》せるべきなのだろうか。それとも自分の手で寺田を捕まえて警察に引き渡すべきか。

私はとりあえずタクシーを拾うことにして少し先の大通りに向かった。タクシーを拾うと田所が指定したファミレスの前に車を停めてもらった。しばらくすると鞄を肩にかけた寺田がやってきてファミレスに入っていった。さらに十分ほどすると田所のスカイラインがタクシーの横を通ってファミレスの駐車場に入っていく。

「あのスカイラインが出てきたら後を追ってほしいんですが」

私が言うと、運転手が困惑した表情で振り返った。

「そういうの得意じゃないんだよなあ」

「チップ弾みますからお願いします」

二十分ほどすると田所のスカイラインが駐車場から出てきた。それを見て運転手がタクシーを走らせる。

スカイラインとの間に車を一台挟んで後を追った。だが、次の交差点で信号が赤に変わり前の車が停まってしまった。その直前に、前方にいたスカイラインが交差点を越えて走り去っていく。

私は思わず舌打ちした。

「あー、これはしょうがないでしょう。私のせいじゃないですよね」

運転手がまいったなあと頭を掻《か》いた。

信号が青に変わるとそのまままっすぐ進んでもらい、しばらく田所のスカイラインを捜したが、見つけ出すことができなかった。

「これからどうしますか？」

運転手に訊《き》かれ、しかたなく冬美が入院している病院に向かってもらった。

うなじに何かが触れる感触がして目を覚ました。

顔を上げると、ベッドの上で上半身を起こした冬美が私を見ていた。丸椅子に座ったままベッドに突っ伏して寝てしまったようだ。

「ずっといてくれたの？」

冬美が訊いた。

顔中に巻かれた包帯とどす黒く変色した肌が痛々しい。だが、口調は意外とはっきりしている。冬美の左目は包帯で覆われている。右目を見つめながら、言葉を探した。

「いつの間にか寝ちまってた」

私は頭を掻きながら言い訳した。

ノックの音が聞こえて振り返った。立ち上がってドアを開けると、背広姿のふたりの男が立っていた。

「荻窪署の者です。昨日の事件について話をお聞きしたくてまいりました」

男のひとりが警察手帳を示しながら言った。

私は冬美を向いた。

「修ちゃん、私ジュースが飲みたい」

冬美が頷《うなず》きながら言った。

「一時間ぐらいで終わりますので」

「わかりました」

私は病室から出て外にある駐車場に向かった。駐車場に着くとポケットから煙草を取り出して火をつけた。

冬美は警察に寺田のことを話しているだろうか。話していれば、たとえ田所の手を借りて逃げていたとしてもそのうち捕まるだろう。どれぐらいの刑に処せられるか。いずれにしても寺田が捕まったら自分の復讐《ふくしゅう》は当分先送りになるだろう。

私はその場にしゃがみ込んで、アスファルトに煙草を押しつけた。

冬美をこんな事件に巻き込んでおいて、そんなことを考えている自分に腹が立った。

近くで簡単に食事をとり、ジュースと花束を買って病室に戻った。ちょうど刑事が病室から出てきたところだ。

「似合わないね」

病室に入っていった私に冬美が言った。

私は意味がわからず、「何が？」と訊いた。

「でも、嬉《うれ》しい……ここに置いて」

冬美がベッドの横に置いた移動式のテーブルを指さした。

どうやら、私が買ってきた花束のことを言っているらしい。私は花束をテーブルに置いて丸椅子に座った。

「刑事には何て話したんだ？」

「店によく来ていた寺田って客が私のことをつけていたようでいきなり襲われたって……」

「そうか」

「あの男はどれぐらいの罪に問われるの？」

「わからないな。再犯だから二、三年食らうかもしれないし、すぐに出てくるかもしれない」

「いずれにしても修ちゃんが癒《いや》されるような罰は与えられないね」

「すまなかった。こんなことに巻き込んでしまって……おれのせいだ」

「修ちゃんのせいじゃないよ。それにこんな怪我、どうってことないよ」

冬美がそう言いながら顔の包帯に触れた。

「また整形すればいいだけなんだし。私ね、顔中のあちこちいじってるんだ。昔の友人とすれ違っても絶対に気づかれないだろうな……」

初めて聞く話だった。

整形している女性など珍しくはない。だが、どうしてそんなことをわざわざ私に話すのだろう。そして、冬美のどこか投げやりな口調が気になった。

「どうしてあんな危険な真似をしたんだ。寺田の部屋からＤＶＤを持ち出したんだろう」

私は冬美を見つめて訊いた。

「お姉さんが浮かばれないじゃない……」

冬美が呟《つぶや》いた。

「だからって！　冬美には関係ないことじゃないか。これはおれの問題なんだ。冬美にこんな思いをさせてしまうなら事件のことなんか話さなければよかった」

「別に修ちゃんのためにやったんじゃないの。これは私の意志でやったことなの！」

冬美の片目から涙がこぼれ落ちた。

「あんなものがあるかぎり……お姉さんは殺されてしまったのに……その後、何度も何度も殺されてしまうんだよ。私どうしても許せなかった」

冬美がゆっくりと顔の包帯に手をやった。少しずつ包帯を取っていく。

「おい、何をするんだ」

私は手を伸ばして止めようとしたが、冬美が遮った。

「修ちゃんには本当の私を見てほしいの。今まで修ちゃんに見せていたのは本当の私じゃないから」

痛々しい傷痕《きずあと》が残る冬美の顔があらわになった。

「私、父親から性的な虐待を受けていたの。父親といっても本当の父親じゃないけど……私の本当の父親は小学生のときに亡くなったから。母親の再婚相手ってこと。予備校の講師をしている人で最初は優しそうな感じに思えた。お父さんが死んでからお母さんもずいぶんと苦労してたから、再婚したいって言われたときも私は反対しなかった。だけど……」

冬美の目が暗く沈んだ。

「話したくなかったら無理に話さなくていい」

私はこれ以上冬美と向き合っているのが辛《つら》くて言った。

「修ちゃんに聞いてほしいの。聞いてくれる……？」

訴えかけるような視線に、私は頷いた。

「十五歳のある日、お母さんは同窓会に出かけていて留守だった。部屋で宿題をしていると、その人が入ってきた。普段はあまり飲まない人だったけど、珍しくお酒をたくさん飲んでいるようで酒臭かった。最初は勉強でわからないところがあったら教えてやろうかと言いながら私の背中に触ってきたりした。抵抗すると急に襲いかかってきて、私はベッドに押し倒された。私は無理やり新しいお父さんに犯されたの。私はベッドでずっと泣いていた。お母さんが帰ってくると、何事もなかったように談笑しているあの男の声が漏れ聞こえてきた……十五歳のあの日……本当の私は死んだの」

姉のゆかりが殺されたのも私が十五歳のときだった。もしかしたら私自身も、あのときゆかりと一緒に本当の自分が死んでしまったのかもしれない。

「それ以来、あの男は度々そういうことを求めてくるようになった。最初はずっと抵抗していた。お母さんに言いつけてやるからと言ったら、あの男は鼻で笑ってこう言ったわ。『言いたかったら言えばいいじゃないか。こんなことを知って一番傷つくのは君のお母さんだよ。いいのかい？』って。その言葉を聞いて私は抵抗できなくなった。今まで一生懸命育ててくれたお母さんだけは悲しませたくなかった。私は何年もあの男の言いなりになって抱かれたり、いやらしい写真を撮られたりした。私はお母さんに無理を言って東京の大学に通わせてもらうことにした。もちろん、あの男は反対したけどお母さんは私が東京に行ってひとり暮らしをすることを許してくれた」

逃げるため……

新宿でイルミネーションを見たときに冬美が言った言葉を思い出した。

「東京に来てしばらくするとお母さんはあの男と離婚することになった。学校やバイト先で新しい友達ができて、実家に帰ってもあの男の姿を見なくてすむ。少しずつだけど過去の忌まわしい記憶が消えつつあった……バイト先で恋人ができた……あのときの私は本当に幸せだった」

その恋人と一緒に見たイルミネーションに私を誘った。あのとき、冬美はどんなことを考えていたのだろう。

「だけど半年もすると一方的に別れを切り出された。納得できないで理由を問い詰めると、彼は『卑猥《ひわい》な女は好みじゃないんだ』と言ってネットにつないだパソコンの画面を私に見せた。そこには私の写真が載っていた。裸で中年の男に抱かれている私の写真が。私は何も言えずに彼の部屋から飛び出していった」

私は冬美から目をそらしたかったがそらさずにいた。冬美は本当の自分をさらけ出しているのだ。

あの晩、私が自分の苦しみをさらけ出したように。

「そのサイトだけじゃなくてあちこちに私の写真が載ってた。それらの写真をすべてネットから消去することなんてできない。仮にそのサイトの写真を消去できたとしても、いろんな人の手を回ってまた違うサイトに載せられるだけ。まるで深い海に沈んでいる小さな残骸《ざんがい》のように、それらをすべて拾い集めることなんて不可能なことなの。あの忌まわしい記憶が今でもネットの中を漂っていて、世界中の人たちが私の恥ずかしい写真を見ている。私は何度も殺されるの……」

私は膝《ひざ》の上に置いていた拳《こぶし》をぎゅっと握り締めた。

どうしてあんな危険を冒してまで、冬美が寺田のもとからあのDVDを奪おうとしたのかがよくわかった。

冬美の心の中には癒しようのない深い傷がある。

ずっと一緒にいて、これっぽっちもその存在に気づいてやれなかった自分がどうしようもなく愚かに思える。いや、気づいてやれなかったのではない。これまでの私にとってはどうでもいいことだったのだ。

「私は大学を中退してそれまでやっていたバイト先も辞めた。住んでいたアパートも引っ越して、それまで仲の良かった人たちとも連絡を取らないようにした。お母さんにももう何年も会っていない。水商売を転々としながら顔中にメスを入れていった。別人になりたかった。だけど、どんなに顔を変えても、誰かにあのネットの写真の女じゃないかと気づかれる恐怖は拭《ぬぐ》えない……」

彼女の苦しみを取り除いてやりたいと思った。

だけど、どんな言葉をかければいいのかまったくわからなかった。

病院を出た私は冬美のマンションに立ち寄った。

冬美から預かっている合鍵《あいかぎ》でドアを開ける。部屋に入った瞬間、野獣の臭いを嗅《か》いだような不快感がこみ上げてきた。

部屋に通じるガラスドアは破れ、破片が床に散乱している。後で掃除するつもりで、私は靴のまま部屋に上がった。室内も荒れていた。床やベッドのシーツのところどころに血がこびりついている。寺田が冬美を襲った状態が生々しく残っていた。

私はクローゼットを開けた。冬美の洋服やバッグなどが詰め込まれている。青い紙袋の中にDVDが入っていると冬美から聞いた。紙袋を開けるとたしかにDVDが一枚入っていた。DVDの表面にはマジックで『遊戯1』と書いてある。

それを見た瞬間、心の中にある憎しみの焔《ほのお》がめらめらと燃え立った。

ゆかりが男たちに陵辱《りょうじょく》され、殺される姿が映された映像——

私の知らないゆかりの最期の姿がこの中に残っている。

テレビに目を向けた。ゆっくりと近づいていき、DVDデッキのトレーを開けた。DVDを持つ手が震える。

今の私にはこの中に収められている映像を観る勇気がない。いや、おそらく一生そんな勇気は持てないだろう。

私はDVDを両手でつかんだ。粉々に砕いて捨てるつもりだったがそれもできなかった。私はDVDをケースに入れポケットに突っ込むと部屋を出た。

夜の八時過ぎに、ふたりの男が事務所にやってきた。

「いらっしゃいま……せ」

ドアを開けて入ってきた男を見て、木暮の表情が怪訝《けげん》なものに変わった。

私もきっとそういう表情をしていただろう。男のひとりは見知った人物だった。

「よお、木暮――ひさしぶりだな」

年配の男が手を上げた。

「斉藤《さいとう》……どうしたんだ……」

あきらかに困惑した様子の木暮が訊《き》いた。

私は隣に立っている若い男を見た。柏木俊之《かしわぎとしゆき》――

警察学校時代の同期だ。ということは、斉藤という隣の男も埼玉県警の刑事だろう。

「ちょっとそこの坊やから話を聞かせてもらいたくてね。お邪魔させてもらうよ」

斉藤はずかずかと事務所の奥に向かっていき、ソファにどっかと座った。柏木は斉藤の後ろに礼儀正しく立っている。

「相変わらずだな」

憎々しげに木暮が言った。

「お茶とか出てこないのかよ」

斉藤がこちらを向いて言うと、事務机に向かっていた染谷が立ち上がろうとしたが、木暮が手で制した。

「金を落としてくれない人には出さない主義でね」

木暮が口ひげに手をやりながら言う。

「けちくさいねえ。新しいアイデアでずいぶんと儲《もう》かってるらしいじゃないか。何だっけ……そうだ、犯罪前歴者の追跡調査だっけ。おれは好かんけどな」

斉藤がポケットから煙草を取り出して火をつけた。

「この業界も競争が厳しくてね。お客のニーズをうまくつかまないとやっていけないんだよ」

「被害者と加害者を鉢合わせさせるだけさせて、後のことは警察任せか。お気楽でいいねえ」

「警察も探偵もニーズがあるから食っていけるんだろう。お互い忙しい身なんだから、用件があるならさっさと言ってくれないか」

「今日の午前一時から五時ぐらいの間どこにいた？」

斉藤が煙草を灰皿に押しつけて訊いた。

「三番目の愛人とラブホにいたよ」

木暮がしれっと返した。

「おまえじゃねえよ！　そこの坊やだ」

斉藤が私に鋭い視線を向けて言った。

「吉祥寺にある病院にいました」

私は答えた。

「病院？」

「知り合いが入院したんで付き添ってました」

「ふうん、個室か？」

「ええ」

「何ていう病院だ」

私が病院名を告げると、柏木がメモをとった。時折、痛くなるような視線を私に向けてくる。

「いったい何なんだ。人のプライバシーに立ち入るからにはちゃんと事情を話してもらわないとね」

木暮が私の気持ちを代弁した。

「今朝、入間川《いるまがわ》の河川敷で死体が発見された。頸動脈《けいどうみゃく》をすっぱり切られたうえに全身四十ヶ所以上を刃物でメッタ刺しにされた死体だ。被害者は寺田正志ってやつだ――」

寺田正志――その名前を聞いて、心臓が跳ね上がった。

「死亡推定時刻はだいたい二時から四時と見られている」

斉藤が舐《な》めるような目で私を見つめながら言った。

病院にいたといっても夜中で個室だから、人の目を盗んで出て行くことも不可能ではないとでも考えているのだろう。

脳裏に昨夜の光景がよみがえってきた。寺田を乗せた田所のスカイラインが夜の闇に消えていった光景――

「どうも、お邪魔したね」

斉藤が立ち上がって、「行くぞ」と柏木の肩を叩いた。さっきまでのねっとりとした対応とは打って変わって、斉藤はあっさりと事務所を出て行った。

「相変わらず無作法な奴だね。お染さん、塩をまいといて」

木暮が言うと、「塩なんかないじゃない」と染谷が返した。

「じゃあ、スーパーかどっかで買ってきてよ」

染谷が面倒くさそうに、「まったく所長は……」と愚痴りながら事務所を出て行く。

「県警時代の……」

私は訊いた。

「ああ。ずっと一緒に仕事してた。昔からああなんだよ。嫌味な奴で、何かにつけよく張り合ってた。私が辞めるときにはさんざん悪態をつかれたよ」

木暮が遠い目をして言う。

「所長はどうして辞めたんですか」

私はずっと疑問に思っていたことを訊いた。

「あの弁護士野郎を殴ったからだよ」

あの弁護士野郎——先日、この探偵事務所に依頼に来た鈴本茂樹のことだろう。

「もっとも、あなたのように逮捕やら懲戒免職やらの派手な勲章はつかなかったけどね。

地味な依頼退職だよ」

木暮が指で拳銃《けんじゅう》の形を作って私に向けた。私は木暮を見つめながら苦笑した。

執行猶予はついたが、世間の風は冷たかった。安アパートに移り住み、新しい仕事も見つからず、自分の正義感がすべて否定された悔しさもあいまって自暴自棄になっていたとき、木暮が私の前に現れたのだ。

「それにしても……寺田が殺されちゃうなんてびっくりだね。本当に何も関係していないのかな？」

冗談っぽく言ったが、木暮の目は笑っていない。

「あなたが関係していないことを祈ってますよ。新しい調査員を探すのも面倒だし……じゃあ、おつかれさま」

木暮が机に置いていた鞄《かばん》を持って事務所を出て行った。


「佐伯――」

ビルから出ると、誰かに呼び止められて振り返った。

柏木が立っている。

私はあたりを見回した。斉藤は近くにいないようだ。

「警察学校の同期だと言ったら、気を利かせて時間をくれた」

「そうか」

私は素っ気なく答えた。

「さっきは失礼した。あんな感じだけどけっして悪い人じゃない。ただ、警察官としての規範意識に厳しいだけなんだ」

「なら、おまえと同じだな。いいコンビじゃないか」

私はこの男に思いっきり殴られたことがある。

柏木がじっと私のことを見つめる。うっとうしくなるくらい熱い眼差《まなざ》しだった。

「何だよ——」

耐えられなくなって、少し視線をそらした。

「佐伯——ずいぶん顔つきが変わったな」

「荒《すさ》んだって言いたいのか？」

「ああ」

柏木がはっきりと答えた。

「警察学校の頃と全然、目が違う——」

そこまでストレートに言われるとたしかにショックだが、そんなことは自分でもわかっている。私は鼻で笑った。

警察学校にいた頃はそれなりの希望を胸に抱いていた。自分たちの力によって、この世の中から犯罪者を少しでも減らしたい、犯罪の被害に遭って悲しむ人を少しでも救いたいと。

だけど、多くの警察官が身を粉にして働いても、世の中から犯罪はなくならない。たとえ犯罪者を捕まえても、被害者が味わった苦しみとはあまりにも不釣合いな軽い刑罰があるだけだ。

そんな現実に私は押し潰《つぶ》されてしまったのだ。

「本当におまえは関係ないんだな」

柏木が私の目を覗《のぞ》き込んで訊《き》いた。

「それはおまえらが調べることだろう」

「おまえの口から聞きたいんだ！」

相変わらずの熱血漢だ。

「ああ。寺田の交友関係を洗ったらすぐ浮かび上がってくるだろう」

「おまえ、何か知ってるのか？」

柏木が私の肩に手をかけて問いかけた。

「さあな。自分らで勝手に調べな。おれはあの男に対して弔いの気持ちなんかないんだから」

私は柏木から背を向けて早足で馴染《なじ》みのバーに向かった。

警察関係者の中で、私がゆかりの事件のことを話したのは柏木だけだった。埼玉県内で起きた事件だから、私が犯罪被害者の遺族であることを知っていた者もいただろう。だが、自分の口で直接その話をしたのはあいつだけだった。

部屋が隣同士だったこともあったし、馬が合ったのだろう、柏木とはいろんな話をした。卒業後は、私は熊谷《くまがや》署に、柏木は狭山《さやま》署に配属された。私が警察を辞めなければ、今でもきっといい付き合いができていたんだろうと思う。

警察を辞めた後、どこで調べたのかわからないが、柏木が私のアパートにやって来た。ドアを開けて私を見るなり思いっきり殴った。

痛かったが、腹立たしさは感じなかった。柏木は私のことをよく知っていたから殴ったのだ、そう思った。

他の大勢の警察官にとって私は警察の威信を汚した単なる暴走警官だった。だが、柏木だけはそれとは違う感情で私を殴ったのだ。

失望――か。

私はグラスをかざしてバーテンダーにハーパーのストレートを頼んだ。

それにしても……寺田正志が殺されるなんて。

私は警察官としてその現場に居合わすことができなかったことを、少しだけ悔しく思った。

犯人はおそらく田所だろう。寺田に強請《ゆす》られ続け、このままではどうしようもないと思ったのだろう。馬鹿な男だ。

田所は少年刑務所を出た後、自分が出したラーメン店を繁盛させ、大手外食チェーン会社の社長の娘と結婚が決まっている。だが、せっかく築き上げた成功ももうすぐ破滅するだろう。

「佐伯さん――何かいいことあったんですか？」

バーテンダーがグラスを差し出しながら訊いた。

「どうして？」

「だって、顔がほころんでるから」

私は壁に掛けてある鏡を向いた。卑しく口もとが歪《ゆが》んでいる。


冬美の病室を覗くと、先日やってきた荻窪署のふたりの刑事がいた。ベッドの冬美に何か話している。

私に気づくと軽く会釈をして立ち上がった。

「では、何かお気づきのことがありましたらご連絡ください」

刑事たちが病室から出て行った。

冬美の視線が私に据えられている。何の話をしていたのか察した。

「寺田の死体が埼玉で見つかったって」

冬美の声が震えていた。

「ああ、おれのところにも刑事が来た」

「修ちゃんのところにも……？」

不安そうな声音だった。

「おれには奴を殺したいって動機があるからな」

私は答えた。

冬美は微動だにしない。じっと私を見つめたままだ。

「大丈夫だ。おれは殺してない。寺田が殺されたというとき、おれはずっとこの病室にいた」

そこまで話すと、冬美は少し安心したようだ。小さく頷《うなず》いた。

「誰が寺田を……」

「犯人はだいたい見当がついてるが……心配することはない。すぐに事件は解決する」

「それにしても殺されるなんて……」

冬美の声は暗く沈んでいた。

いくら手酷《てひど》い暴行を受けた相手といっても、殺されたと聞いては動揺するだろう。

「調子はどうだ？」

私は無理に微笑んで話題を変えた。

「さっき、先生がとりあえず退院してもいいって」

「そうか。よかった。部屋まで送っていくよ。それに、掃除もしなきゃならないし」

冬美は返事をしなかった。

「あの部屋に戻るのが怖いか？」

「そういうわけじゃないけど……今日はどこか違うところがいい。修ちゃんの部屋に行っちゃダメ？」

「おれの部屋？　冬美のマンションと違ってぼろいアパートだぞ。それにずいぶん散らかってるし」

「それでもいい。一度でいいから修ちゃんが住んでいるところが見たかったの」

「わかった」

冬美の荷物を鞄《かばん》に詰めて病室を出た。受付に寄って退院の手続きをした。今日は車で来ていない。電車だと私のアパートがある川越まで時間がかかるし、顔中に包帯を巻かれた冬美を帰宅ラッシュの人目にさらすのは少しかわいそうに思った。かなり距離があるがタクシーで行くことにした。

私のアパートは川越駅から歩いて十分ほどの築三十年以上のアパートだ。四畳半の台所と六畳の和室。部屋は散らかり放題だ。

「へえ、これが修ちゃんの部屋か」

昔ながらの古いアパートが逆に新鮮に映るのだろうか、冬美の声は弾んでいた。

「私の部屋の前にここを掃除しなきゃね。廊下にあった洗濯機、修ちゃんのだよね」

冬美が畳の上に脱ぎ捨てられた衣類を拾い始める。

「いいよ、自分でやるから。あまり体動かしちゃまずいだろう」

「いいの」

冬美がむきになって言う。

「じゃあ、頼むよ。その間に夕食を作っとく。おかゆかなんか……」

私は冷蔵庫を開けてどんな食材が入っているのか確かめた。

ふたりでテレビを観ながら夕食をとった。

いつも見慣れた殺風景な部屋も、人がいるというだけで違って映る。

警察を辞めてから私は孤独だった。いや、ゆかりが殺されてからずっと孤独感に縛られていたように思う。あの日から私は心底笑うことができなくなった。私だけでなく両親もそうだった。身内を殺された家族は日常生活で笑うことにさえ罪悪感を覚えてしまう。ゆかりを殺されたあの日から、家族団欒《だんらん》の光景はもう、私にとってはどんなに手を伸ばしても届かない遠くの存在だった。

冬美は私以上に孤独だったのではないか。少なくとも私には同じ苦しみを共有できる両親がいた。冬美はどうしようもない苦しみをひとりで受け止めながら生きてきたのだろう。

強い女性だ。

私はゆかり以外の女性に初めて尊敬の念を抱いていた。

冬美と別々に寝ることにした。部屋にあるのはシングルのパイプベッドだから、あやまって冬美の顔を傷つけないかと心配だった。冬美にはベッドで寝てもらい、私は畳の上で毛布に包《くる》まった。

「修ちゃんの夢って何……？」

真っ暗な部屋の中でぽつりと冬美が呟《つぶや》いた。

「どうしたんだよ、急に……」

「どうして探偵になったのかなって……子供の頃、テレビや映画なんかを観て憧《あこが》れてたとかかなって……ちょっと思ったの」

「探偵の仕事に憧れなんかないさ」

私は今までにやってきた仕事を思い出しながら答えた。

この仕事をしてきたことで多くの人を不幸にしてきたのではないかと思う。

坂上洋一、遠藤りさ、細谷博文――の顔が脳裏に浮かんできた。

私の仕事によって不幸になった人たちだ。

「人を捜すって……何だかロマンチックじゃない」

「ロマンチックか……」

私は思わず苦笑した。

依頼によってはそういう面もあるかもしれないが、少なくとも、私が探偵をしてきた四年間でそんな風に感じられる仕事など一度もなかった。

「床屋さんかな……」

私が呟くと、「えっ？」と冬美が訊《き》き返した。

「おれの子供の頃の夢さ……」

私は実家の理髪店のことを話して聞かせた。

「いいなあ、そういうの……」

私の話を聞いて、冬美が言った。

「私も憧れるなあ……いつか、そういう風になれたらいいな。私にもなれるかな？」

冬美の言葉を聞きながら、私は暗闇の中で冬美と一緒に実家の店に立っている姿を想像していた。

だが、それを口にはしなかった。

冬美を愛する資格が私にはあるのだろうか。

心の中にいつも憎しみの焔《ほのお》をたぎらせ、いつ爆《は》ぜるともしれない感情を抱えた私が冬美を幸せにすることなどできるのだろうか。

こんな話をしているときでさえ、心の奥底では憎しみの焔がめらめらと燃え盛っている。

榎木和也――ゆかりを殺したもうひとりの男。

寺田は死という報いを受けた。田所はきっともうすぐ捕まるだろう。だが、一番酷いことをした主犯の男はすでにこの社会に戻り、のうのうと生きているにちがいない。それを考えただけで……

「もう……寝よう……」

私は言った。

仕事を終えて事務所が入っているビルから出たところで柏木に呼び止められた。

「ちょっと話がある……」

心なしか、切迫した表情に思える。

「どうした。まだ寺田を殺した犯人は捕まらないのか？」

私は訊いた。

「いや、犯人は逮捕した。今日の昼に潜伏していたカプセルホテルでな……」

「そうか。なら、もうおれに用はないだろう」

私が行こうとすると柏木が引き止めた。

「犯人は田所健二という……おまえのお姉さんを殺した共犯だ」

「それがどうした」

私は素っ気なく返した。

「おまえ、知ってたのか――？」

柏木の目がぎらついた。

私は何も答えずに柏木から背を向けた。立ち去ろうとした私の肩を柏木が後ろからぎゅっとつかんだ。私は柏木の方を向いた。

「おまえ、いったい何をやろうとしてるんだ？」

柏木が私の目をじっと見据えてくる。

「何が？」

「寺田の部屋からコンセント型の盗聴器が見つかった」

「ふうん」

「おまえが仕掛けたんじゃないのか？　プロの探偵ならそんなことはお手の物だろう。捜査で寺田のマンションの前にあるコンビニの防犯カメラを確認したら、ひっきりなしにおまえの姿が映っていた」

私は黙っていた。

「別に不法侵入でおまえをパクろうってわけじゃない」

「じゃあ、何しにきたんだよ」

「おまえ……あの映像を観たのか？」

柏木が探りを入れるように訊いてきた。

「あの映像——？」

寺田たちが撮ったゆかりの映像のことを言っているのだろうか。だけど、どうして柏木があのDVDのことを知っているのだ？

私は顔に出さないよう柏木を見つめ返した。

「逮捕されたとき、田所の所持品の中に8ミリのビデオテープがあった。ある映像が入っているんだが、田所はそれをネタに寺田から脅迫されていたそうだ。寺田を殺した後にそれを奪ったと供述している」

私は少し視線をそらした。

「先日、伊藤冬美という女性が寺田から暴行を受けた。田所の話によると、伊藤冬美は寺田の部屋からその映像をコピーしたＤＶＤを持ち出したそうだ。おれはそのことに引っかかった。その女性の交友関係を調べてみたら……」

「知らないな、そんなもの──」

私はしらを切った。

「そうか……」

柏木は私の言葉を信じていないようだ。

「だが、万が一持っているとしたなら──絶対に観るな」

柏木の瞳孔《どうこう》が震えている。

「友人を失いたくない……」

私の目を見つめながら、柏木が呟いた。

私は吊《つ》り革《かわ》につかまり、車窓の外に広がる漆黒の闇を見つめていた。

いったいどういう映像だというのだ──

私は柏木の目を思い出していた。必死に何かを訴えかけようとしている目だった。

絶対に観るな──

柏木はそれを伝えるために、わざわざ私に会いに来たのかもしれない。

柏木はその映像を観たのだろう。

友人を失いたくない……とは、どういう意味なのだ。

ポケットの中で携帯電話が震えた。取り出してみると冬美からのメールだった。件名は『ありがとう』となっている。冬美は一昨日から自分のマンションに戻っている。

本文を見て、私の胸に鈍い痛みが走った。

『修ちゃんのこと大好きだった。今までありがとう』

今までありがとう——どういうことだ。

次の駅で電車を降りて冬美に電話をかけた。つながらない。私は反対のホームに行き、やってきた電車に乗って冬美のマンションに向かった。

冬美の部屋の前で呼び鈴を鳴らしたが応答がない。合鍵《あいかぎ》でドアを開けて、電気をつけた私は愕然《がくぜん》とした。

空き部屋になっていた。

駅までの帰り道、私は何だか迷子になったような心細い気分を味わっていた。

ようやく見慣れた街並みを歩きながら、私は心の中で、馬鹿じゃないかと自分をなじっていた。

もとの自分に戻っただけじゃないか。

少し前まで、おまえの心に冬美という女などどこにもいなかったではないか。何て自分勝手な男なんだ。そんな男に嫌気がさしただけなのさ。

駅前のネットカフェに入った。今夜だけは冬美の温《ぬく》もりの残っているあのアパートに戻りたくなかった。

私はひさしぶりに和光市駅に降り立った。

四年前に警察を懲戒免職になってから一度も実家には帰っていないし、両親の顔も見ていなかった。

ゆかりの事件があって以来、悲しみや苦しみや憎しみがからみついてくるあの家が嫌いだった。そして、癒《いや》しきれない心労で日に日に老け込んでいく両親に、私は罪を犯し、警察を辞めさせられるという追い討ちをかけるようなことをしてしまった。その負い目が私を実家から遠ざけていた。

どうして急に帰ってみたくなったのだろう。あの夜、冬美とした話がいまだに心の片隅に残っているからだろうか。

二十分ほど歩くと、赤、青、白のサインポールが見えた。

店のドアを開けると、客の髪を切っていた父がちらっとこちらを向いた。

一瞬目が合ったが、父は何も言わず、待ち人用のソファを手で促した。客と談笑しながら髪を切っている。

私はソファに座り、棚に置いてある漫画雑誌をぱらぱらとめくった。雑誌を開きながら、しばらく父の仕事を眺めていた。

散髪が終わり、客が代金を払って店を出ると、父は私を椅子に促した。

私は椅子に座った。

「どんな風にする？」

父が訊《き》いた。

「適当に」

私が答えると、父は髪を切り始めた。

「お袋は……？」

「体調を崩してまた入院している。それほどたいしたことはないがたまには顔を見せてやれ」

「ああ……」

それからお互いに会話らしいものはなかった。

父は寺田が殺されたことも、田所が逮捕されたことも知っているだろう。だが、そんなことはおくびにも出さずに無心に私の髪を切っている。

私も何を話していいのかわからないまま、目の前の鏡に映る父の姿を見つめた。以前会ったときよりも皺《しわ》が深くなり、白髪も増えている。父は私の髪型をチェックするように時折ちらっと鏡に目を向けた。

「おまえ、老けたな……」

私の耳もとで父がぼそっと呟《つぶや》いた。

「そうかな」

先に言われてしまった。

「今何してんだ？」

「探偵をしてる」

「探偵……それは楽しいか？」

「どうだろうな」

私は曖昧《あいまい》に答えた。

「親父……この仕事は楽しいか？」

逆に訊き返した。

「どうだろうな……だけど、魂をちぎられるような苦しさはない」

父の言葉に、びくっと肩が震えた。

「動くな、危ないから」

父が手のひらで私の頰をそっと押さえ顔の向きを直した。

「顔を見ればわかる。どうせやるんなら、たまには笑えるような仕事をしろ」

私は顔を動かさないように視線を下ろした。

「いつでも笑っていいんだぞ。いや、笑えるようにならなきゃいけないんだぞ。おれたちは絶対に不幸になっちゃいけないんだ」

父の言葉を聞いて、体が小刻みに震えだした。

「だから動くなって」

「わかってるよ……」

私は涙を堪《こら》えるのに必死だった。

「もっと早く言ってやるべきだった。すまない……」

父が呟いた。

散髪が終わると、父は棚の中からガムを取り出して私に差し出した。子供たちが散髪に来たときにあげるのだ。

「子供じゃないよ」

「親にとってはいつまでも子供だ」

私は笑った。

父からもらったガムを噛《か》みながら駅までの道を歩いた。

私は探偵事務所を辞めるつもりでいた。そして、最後の人捜しを始める。

冬美に会いたかった。

事務所に行くと、私はソファに座っている木暮のもとに向かった。

「所長……お話ししたいことがあります」

私が言うと、木暮が「何？」と広げていた新聞から顔を覗《のぞ》かせた。

「勝手なこと言って申し訳ないんですが……この事務所を辞めさせてください」

「そうなんだ。わかった」

あっさりした口調で言うと、新聞を折りたたんでテーブルの上に置いた。

「ひとつ依頼が入っちゃったんで、それが終わってからにしてくれるかな」

私はしかたなく頷《うなず》いた。

「どんなに調査に時間がかかってもいいからやり通してね」

木暮がテーブルの上に置いていた調査依頼書をつかみ、私に差し出した。

調査依頼書を見た瞬間、私は愕然とした。

調査対象者の欄は『榎木和也』となっていた。

依頼人の欄を見て——

私は木暮を睨《にら》みつけた。

第七章

今際《いまわ》

木暮から差し出された調査依頼書を見た瞬間、私は愕然《がくぜん》とした。

調査対象者の欄は『榎木和也』となっている。

依頼人の名前は『木暮正人』とあった——

「どういうことですか！」

私は木暮を睨《にら》みつけた。

「どういうことって……あなたの最後の仕事ですよ」

木暮が飄々《ひょうひょう》と返す。

ゆかりを実際に手にかけて殺した榎木を私に調査させようだなんて——いったい木暮は何を考えているんだ。私に何をさせようというのだ。心の中がぐらぐらと煮えたぎってくる。

「あなたのお姉さんを殺した榎木はもう出所していますよね」

木暮が私の目をじっと見つめる。

そうだ。榎木は刑務所を出てこの社会に戻っている。

その事実を受け止めただけで、体中から憎悪が噴き出してくる。

「あの男が今どうしているのか……知りたいでしょう」

木暮が脇に置いたセカンドバッグから何かを取り出してテーブルの上に置いた。帯のついた札束だ。

「調査費用は百万円。好きなように使っていいから。その代わり、どんなに時間がかかってもいいからちゃんとやり通してね」

「お断りします」

私はきっぱりと言った。

「どうしてかな？」

意外だというように、木暮が私を見る。

「所長の意図がわかりません。私にいったい何をさせようというんですか」

「別に意図などないけど。ただね、探偵を辞める手土産として、自分が最も知りたいことを調べさせてあげようというだけでね」

「所長には関係のない話じゃないですか。どうして所長が金を出して私に調べさせる必要があるんです」

「まあ、この四年間こき使ってきたんで退職金のようなものかな」

木暮がはぐらかすように言った。

「私を苦しめて楽しんでいるんですか？」

私は木暮を見据えて言った。

この男はいつもそうだ。仕事と称しつつ、私に苦しいことばかりを強いてきた。

特に、木暮が犯罪前歴者の追跡調査を請け負い始めてから、そのどれもが、私にとって辛《つら》い仕事だった。

「苦しめる？　言いがかりもはなはだしい。逆にあなたが苦しみから解放される最後のチャンスだと思っているんだけど」

「どういう意味ですか？」

「あなたは探偵を辞めてこれからどうするつもりなの」

木暮が問いかけてきた。

「他の仕事に就こうと思っています」

「ほおう。実家の理髪店でも継ぐつもりですか。たしかにうちは今まで安くこき使ってきたからね。嫌気がさしちゃったかな？」

「そうですね……」

どうせやるんなら、たまには笑えるような仕事をしろ――

父の言葉を思い出していた。

「今のあなたは刃物を持つ仕事はしないほうがいいでしょう。危なっかしくてしょうがない」

「私の勝手でしょう」

「まあ、仮に実家の理髪店におとなしく納まったとしても、あなたはいつか必ず榎木和也のことを知りたいと思うでしょう。田所や寺田のことを調べたようにね……」

木暮が私の心を見透かすように言う。

やはり知っていたのだ。

私はここで仕事をしながら、ゆかりを殺した奴らのことを調べていた。そして、榎木の共犯だった田所と寺田のことを見つけ、ゆかりを殺した罪の本当の報いを受けさせる機会を窺《うかが》っていた。

大手外食チェーンの社長の娘と結婚が決まっていた田所はゆかりの事件のことで寺田から強請《ゆす》られていた。このままでは身の破滅だと思ったのだろう。田所は寺田を殺害して警察に捕まった。

私にとっては一石二鳥の復讐《ふくしゅう》だったが、同時に、高い代償を払った。いや、私が代償を払ったわけではない。大切な人を傷つける結果になったのだ。

「ここで四年間働いてきたあなたにとって、彼の所在を調べることなど造作もないことでしょう。あなたはいつか必ず榎木のことを調べようとする。ちがいますか？」

たしかに木暮の言う通りだろう。

探偵を辞めたとしても、私はいつか榎木和也のことを捜そうとするにちがいない。私の心の中からあの男の存在が消えることはない。制服を引き裂かれ、静止した目を私に向けていた姉の最期の姿が片時も脳裏から離れないように。

「あなたはプロの探偵としてこの依頼を受けるべきだよ。この仕事を終えたら理容師でも何でも好きなことをやればいい」

木暮と対峙《たいじ》しながら、私は決めかねていた。

「この仕事を受けないとあなたは後悔しちゃうよ」

木暮が口ひげに手をやりながら言った。

「後悔……？」

どういう意味なんだろう。わからなかったが、その言葉に引き寄せられるように、私は木暮に近づいていった。

「あの男の何を調べろというんですか」

私は訊《き》いた。

「それはあなたの自由です。あなたが知りたいことを調べればいい」

「調査期間は……」

「無制限——あなたがもういいと思うまで。一日で調査を終えてもいいですし、極端な話……一年かかってもかまわない。まあ、それはないだろうけどね」

私はテーブルに置かれた札束をつかんだ。

「ただね……」

木暮の声に顔を上げた。

「プロとして仕事するからには依頼人との約束は遵守してね」

「約束……？」

「簡単なことです。調査結果は直接あなたが依頼人である私に報告すること。たとえどんな形であってもね」

木暮の視線が私に絡みついてくる。

たとえどんな形であっても……刑務所の面会室でも想像しているのだろうか。

「わかりました」

私は札束を上着のポケットに突っ込んで、事務所を出た。


事務所を出た私は大宮から電車に乗って自宅アパートがある川越に向かった。

吊《つ》り革《かわ》につかまりながら、私はこれからの調査のことを考えていた。

私は明日から榎木和也の行方を捜す。この世で最も憎い男を捜すのだ。

あの男が今どこにいて、どんな生活を送っているのか……調べることはそれほど難しくないだろう。

だけど、それから先、私はいったいどうすればいいのだろう。

木暮は、私が知りたいことを調べればいいと言った。私がもういいと思うまで榎木の調査をしろと。

私はいったいあの男の何が知りたいのだろうか。どうすればこの調査を終了してもいいと思えるのだろうか。

おまえ、老けたな——

車窓に映る自分の顔を見ているうちに、父のことを思い出していた。

ひさしぶりに会った父は穏やかそうな表情で髪を切ってくれた。

いつでも笑っていいんだぞ。いや、笑えるようにならなきゃいけないんだぞ。おれたちは絶対に不幸になっちゃいけないんだ——

父の言葉を聞いて、私は探偵事務所を辞めて、冬美を捜しに行こうと決心した。それなのに……

父の心の中から娘を殺した犯人への憎しみは薄れてしまったのだろうか。そんなことはないだろうと思う。だけど、娘があんなむごい殺されかたをしても、父は以前と変わらない善良で穏やかな人間のままだった。

いったいどんな境地なのだろう。

私の心の中は、ゆかりを殺した人間への憎しみや、平気で人を傷つけ犯罪に手を染める者への怒りであふれている。憎しみは激しい焔《ほのお》となって心の中を焼き尽くす。その焔によって私は多くの人を傷つけてきた。冬美もそのひとりだった。

私の心の中にある焔は時間が経てば自然と鎮まっていくものだろうか。それとも、私が死ぬまで燃えさかり続けるものなのか。

ゆかりを殺したあの男の今の姿を見たとき、自分の心がどんな猛火に包まれることになるだろうかと想像すると怖かった。

アパートに帰り、電気をつけると、わびしい部屋の光景が浮かび上がってきた。殺風景な部屋の中に、きれいにたたまれたシャツが置いてあった。冬美が洗濯してくれたシャツだ。

ポケットから取り出した札束をテーブルの上に置いて、洗面所に行った。冷たい水で顔を洗う。台所からコップを取ってウイスキーを注ぐ。

ふと、テレビの上に置いたＤＶＤが目にとまり、心がかきむしられそうになった。ＤＶＤの表面にはマジックで『遊戯１』と書いてある。

ゆかりが男たちに陵辱され、殺される姿が映し出された映像だ――

絶対に観るな……友人を失いたくない――

柏木の言葉を思い出した。

自分の姉が男たちから陵辱され殺される姿が記録されているのだ。そんなものを観たら正気を失ってしまうという友としての助言だろう。それとも、何か他に別の意味合いがあったのだろうか。気になった。

私はＤＶＤを手に取った。しかし、それ以降の動作に移る勇気を持てないでいる。

呼び鈴の音に、私は目を覚ました。

時計を見ると昼の一時を過ぎている。いったい誰だろう。

Tシャツにトランクスの恰好《かっこう》でベッドから起き上がると、そのまま玄関に向かった。

ドアスコープを覗《のぞ》いて驚いた。

ドアの外に遠藤りさが立っている。

無視してベッドに戻ろうと思ったが、「佐伯さん、いらっしゃるんですよね。開けてもらえませんか」というりさの声に、しかたなくチェーンロックをかけたままドアを少しだけ開けた。

「いきなりごめんなさい。事務所に伺ったら、しばらく来ないだろうと聞いたので……」

りさが頭を下げた。

私の下半身に目がいったのだろう、少し恥ずかしそうな表情で顔を上げた。

「少しお時間をいただけませんか」

私のことをじっと見つめてりさが言った。

「何の用ですか？」

私はぞんざいに返した。

彼女と話すことなどない。いや、りさを見ていると心に残った傷痕《きずあと》が疼《うず》くのだ。それが嫌だった。

「洋一のことでご相談したいことがあるんです」

洋一——坂上洋一のことだ。その名前を聞いて、さらに疼きが激しくなった。

「悪いけど……私にはもう関係のないことだ」

「佐伯さん、話だけでも聞いてください。あなたしか相談できる人がいないんです」

いったい何だというのだ。だが、関係ないと言いつつ、私が彼らの人生を大きく変えてしまったということは自覚している。

「ちょっと待って。着替えてくるから」

負い目が私に言わせた。

私はいったんドアを閉め、ジーンズを穿《は》いてからドアを開けた。

「汚いところだけど……嫌なら、どこか喫茶店に行ってもいい」

「お邪魔してもいいですか」

りさが言って、部屋に上がった。

私は台所に行って、やかんを火にかけてコーヒーの準備をした。

「気を遣わないでください」

部屋の中央にぽつねんと立っていたりさが言った。

「自分が飲みたいから淹《い》れるだけだ。あなたはついでだ」

コーヒーカップをふたつテーブルに置いて、私は座った。りさも「失礼します」と向かいに座った。

「洋一がいなくなったんです……」

コーヒーカップに口をつけることなく、りさが切り出した。

「そう……」

私はコーヒーをひと口飲んで言った。

驚きはしない。何となく予感していたことだ。

「佐伯さん、彼がどこに行ったか心当たりがあるんですか？」

りさが身を乗り出して訊《き》いてきた。

「知らない」

「本当ですか」

りさが私の目を見据えてくる。

「あの男のことなど知るわけがない」

私はぴしゃりと返した。

最後に会ったのは、りさに連れられて坂上の病室を訪ねたときだ。それ以来、坂上ともりさとも会っていなかった。

「洋一は一ヶ月前に退院しました。おそらく生涯車椅子での生活を余儀なくされるでしょうけど、彼なりに前向きにリハビリをして何とか日常生活を送れるようになったんです。住んでいたマンションの大家さんに頼んで、部屋も車椅子で生活できるようにリフォームしてもらいました。それなのに……」

「突然、君の前から消えた？」

「そうなんです。二週間前に仕事から帰ってくると、洋一の荷物が部屋からなくなっていたんです。手紙と五十万円の現金が置いてありました。『おれはここから出て行く。ひとりで家賃を払うのが負担ならこの金で新しいところに引っ越せ』とだけ書いてありました……」

「そう……」

「佐伯さん、お願いです。彼のことを捜してもらえませんか」

りさが頭を下げた。

「そんなに暇じゃないんだ。今、他にも仕事を抱えているし」

言い訳だった。この二日間、私は何もしていない。

榎木和也を捜し出すという現実に怯《ひる》んで、なかなか腰を上げられずにいる。

「私も思いつくかぎり彼がいそうなところを捜してみました。だけど、私は彼のことをほとんど何も知らないんです。彼が友人とやっていたという会社の場所も、彼の友人も、彼の肉親にさえ会ったことがありません。佐伯さんなら、私よりも彼のことがわかると思うんです。厚かましいお願いだとは思いますが、佐伯さんしか頼れる人がいないんです。お願いします……」

りさの懇願する姿を見ていて、痛々しくなった。

りさはどんな気持ちで私に頭を下げているのだろう。私はりさの恋人を半身不随に至らしめた張本人なのだ。

「彼を捜してどうしようっていうんだ？」

私は訊いた。

「どうしようって……彼のことが心配なんです。あんな体でどこで何をしているのか……変なことでも考えてやしないかって」

「変なこと……？」

「すべてのことに自暴自棄になって……」

坂上が自殺を考えるようなやわな人間だとは思えない。りさの前から消えた理由はひとつだろう。以前会ったときに、りさの「お荷物にはなりたくない」と言っていたのを思い出した。

「私には何も話してくれなかったけど……彼は彼なりに細谷さんや細谷さんの息子さんに対して罪の意識を感じていたと思うんです。これからどうやったらその人たちに対して罪の償いができるのか、病院のベッドでずっと考えていたと私は思うんです。だから、辛《つら》いリハビリも懸命にやってきた。そんな彼の姿を見て、私もこれから彼と一緒にその人たちへの償いをしていこうと思ったんです。だから、彼には変なことはしないでほしいんです」

自分が罪を犯したわけでもないのに、その償いを背負おうとするなんて。つくづく坂上はりさから愛されているようだ。

正直言って、嫌な依頼だった。

坂上の今を知るということは、同時に、自分が犯した罪とも向き合わなければならないということだ。

自分が発した言葉によって、いや、自分の心の中にある憎しみによって、坂上やりさや細谷の人生を大きく変えてしまったという現実がずっと棘《とげ》のように引っかかっている。

だが、いつかはケリをつけなければならないことだ。

「わかった。だけど、私は坂上の所在を捜すだけだ。坂上が君のもとに帰るかどうかはおれの知ったことじゃない」

私が言うと、りさが「ありがとうございます……」と弱々しく頷《うなず》いた。


りさが帰ってから、私はこれからどうやって坂上のことを捜すかを考えていた。

車椅子での生活だ。いきなり馴染《なじ》みのない土地に行くことは考えづらい。住居や仕事を得ることも今の坂上には難しいだろう。

まず考えられるのは実家に帰ったのではないかということだ。坂上は少年院を出てから親とは疎遠になっているようなことを言っていたが、さすがに息子がああいう状態になってしまったら親として手助けしないわけにはいかないだろう。

坂上の両親の家は細谷が依頼してきた調査のときに調べている。坂上が事件を起こすまでは川口市内に住んでいたが、八ヶ月前の調査では所沢市内に移り住んでいた。

翌日、私はさっそく所沢に出かけた。

坂上の両親は所沢駅から歩いて十分ほどのところにある四階建てのマンションに住んでいた。

三〇五号室のポストに『坂上』という名札を見つけた。オートロックはついていないので、三階まで行って直接訪ねることにした。

だが、マンション内に入ってみて、ここに坂上はいないであろうことを早々に察した。このマンションにはエレベーターがついていない。

一応、三〇五号室の前まで行って、呼び鈴を押した。「はーい」と女性が応答した。

「突然、申し訳ありません。私は佐藤《さとう》と申しますが、洋一さんはいらっしゃいますか？」

直截《ちょくせつ》的に訊くと、女性はしばらく沈黙した。

「おりませんけど……どうしてこちらに？」

訝《いぶか》しそうな声で訊いた。

「いや、私は洋一さんの友人なんですが、最近引っ越されたみたいでどちらに移られたのか捜しているんです。以前、ご両親がこちらにお住まいだと聞いていましたので、もしかしたらこちらに移られたのかと……」

「あの子とうちはもう関係ありませんので」

話を遮るように言ってインターホンを切った。

私がしつこく呼び鈴を鳴らすと、すごい勢いでドアが開いて血相を変えた女性が顔を出した。坂上の母親だろう。

「いったい、何なんですか。借金の取り立てかなんかですか。あの子とは関係ないと言っているでしょう!」

「いえ、ちがいます。彼が今どちらにいるのか知りたいだけなんです」

私は少しうろたえて答えた。

「知りませんよ。あの子とはもう何年も会っていないんですから」

「そうなんですか……七ヶ月ほど前に彼が人に刺されて重傷を負ったと聞いたんですが、ご存知ですか?」

「それは知っていますけど、私たちには関係ないです。病院にも行っていませんし、事件にも興味はありません。自業自得でしょう……」

嫌悪感を滲《にじ》ませた表情は演技には見えなかった。

「そうですか……失礼しました」

私が言うと、母親は「うちの住所を知らせるなんて信じられない……」と忌々しげに言いながらドアを閉めた。

私はマンションを出ると、所沢駅に向かった。これから電車で浦和《うらわ》に行くつもりだ。浦和駅のそばに坂上が行きつけにしていたバーがあった。坂上は少年院を出てからもよくそのバーにやってきて昔の悪い仲間と交遊を続けていた。八ヶ月前の調査のときも、坂上の姿をそこで見つけた。

だが、ここでの調査も空振りだった。

坂上は事件で負傷してからこのバーには来ていないそうだ。付き合いがあったという人物に話を聞いても、誰も坂上が今どこにいるかを知らないと言った。

本当だろうかという思いがある。誰かの手助けがなければ、車椅子で生活する坂上がそんなに首尾よく、今まで住んでいた部屋から荷物を運び出し、新しい住まいに移り住むことはできないだろう。まあ、引っ越し業者に頼めばそれぐらいはどうにでもなるだろうが。

誰かの手助けがなければ……

私は嫌な予感を抱きながら浦和のバーを出て池袋に向かった。

池袋駅で降りると、七ヶ月前、何日間か通った雑居ビルに向かった。

坂上たちがやっていた振り込め詐欺グループの拠点になっていた事務所だ。

雑居ビルに入り案内板を見ると四階には何も書かれていなかった。七ヶ月前には『ムゲンダイ企画』というインチキな社名が入っていた。私はエレベーターに乗って四階に上がった。エレベーターを降りると、ドアの前に『テナント募集』という貼り紙がついていた。

簡単な調査ではないようだ。

私は池袋の繁華街を徘徊《はいかい》しながら坂上の所在を捜す次の手を考えていた。

あと、私が知っている坂上とつながりがある場所というと、何度か行ったことがある『ドール』というバーだが、りさも出入りしていたバーに坂上が何かの痕跡《こんせき》を残していくとは考えづらい。

夜が深まり、今日の調査を切り上げようかと思っていたときに、もう一軒、坂上と一緒に行ったことがあるバーを思い出した。目白《めじろ》駅に程近い『レッドムーン』というバーだ。

あのバーで、私は坂上の本心とも言える告白を聞いたのだ。

「いらっしゃいませ。たしか前にも来てくださいましたよね」

『レッドムーン』のカウンターに座るとバーテンダーが声をかけてきた。

「最近、坂上さんは来てますか？」

私はハーパーのストレートを頼み、バーテンダーに訊《き》いてみた。

「そういえばあのときは坂上さんとご一緒でしたよね。事件のことはご存知ですよね？」

「ええ」

「あれ以降、いらっしゃってませんね」

「そうですか……」

「そういえば……ここの常連客で坂上さんのことを知っているかたがこの前言ってたなあ」

「何と？」

「六本木の高級クラブで派手に遊んでいるところを見かけたって。車椅子に乗っていたのがちょっと痛々しかったけど、仕事は順調みたいで、部下みたいな人たちを大勢連れて豪遊していたそうですよ。羨《うらや》ましい話ですね」

「そのクラブの名前はわかりますか？」

私は訊いた。


クラブが入ったビルから車椅子に乗った坂上が出てきた。

私は道の反対側から坂上のことをじっと見つめていた。

坂上は大勢の取り巻きとホステスに囲まれて談笑している。取り巻きの中には何人か見知った人物がいた。

坂上は取り巻きに手を振ると車椅子を走らせた。派手な恰好《かっこう》をした女性がひとり、坂上と併走するように六本木交差点のほうに向かっていく。今日はあの女性とアフターするつもりだろう。

一昨日、ここで坂上の姿を発見した。その日、坂上は仲間と店の前で別れてひとりで帰っていった。エレベーターで六本木駅に降り、慣れない手つきで車椅子を操りながら改札を抜けていった。駅員の手を借りて電車に乗り、代々木《よよぎ》駅で降りて駅近くのマンションに入っていった。高級そうなマンションだ。

代々木駅前のネットカフェで朝まで仮眠をとり、ふたたびマンションの前を張った。

昼前、マンションから出てきた坂上はそのまま車椅子を操って、十分ほどのところにある雑居ビルの中に入っていった。新しい職場だろう。

私は坂上に気づかれないように何枚かの写真を撮った。

これで私の調査はおしまいだ。あとはこの事実をりさに告げるだけだ。これでおしまいなのだが……どうしようもないやり切れなさが残った。

私は坂上と女性の後をつけていった。

坂上と女性は六本木交差点近くの洒落《しやれ》たバーに入っていった。

私は店の前で立ち止まり、しばらく迷っていた。

いまさらあの男と話すことなどあるのだろうか。今まで見てきたことが、あの男の現在の姿であり、あの男そのものの姿だろう。

おれはどうしたら細谷健太や両親から赦《ゆる》してもらえるんだろうか――

病室で会ったとき、坂上は私に問いかけてきた。

あのとき、私は何と答えただろう。よく覚えていない。

私は迷ったすえにバーに入った。

坂上と女性は奥のテーブル席にいた。車椅子に座ったままテーブルに置かれた酒を飲み、隣に座った女性と楽しそうに話している。

奥に向かって歩いていくと、坂上がこちらに視線を向けた。私と目を合わせても、顔に驚きはなかった。私の尾行に気づいていたのかもしれない。

「よお、ひさしぶりだな」

坂上が口もとを少し歪《ゆが》めて、手を上げた。

「悪いが、先に部屋に行っててくれ」

坂上が言うと、隣の女性がつまらなそうな顔で立ち上がった。私のことを恨めしそうに見ながら店を出て行った。

「邪魔したみたいだな」

私は坂上を見下ろしながら言った。

「まあいいさ。いつか現れると思ってた。座れよ」

坂上が向かいを指したので、私は席に座った。テーブルにはいつか坂上からご馳走《ちそう》になったマッカラン18年のボトルとグラスが置いてある。坂上がウエイターを呼んで、グラスをもうひとつ頼んだ。

「ハーパーのストレートを」

私は坂上の酒を断りウエイターに注文した。

そんな私を見て、「あいかわらずだな」と坂上が苦笑した。

「尾行に気づいていたのか?」

私は訊いた。

「まあな。こういうものに乗っていると、普通に歩いていたときよりも周りに神経を払うようになる。だけど、おまえがデートの邪魔をするような野暮な男だとは思ってなかったよ。りさから頼まれたのか？」

「そうだ」

　私は答えた。

「そうか……まあ、こういうことだ。あいつにはうまく伝えてくれ」

「あなたが惚《ほ》れた男は性懲りもなくふたたび犯罪に手を染めて、人を騙《だま》して得た金で毎晩豪遊しているから安心してくれ……」

「そうだな。なかなかいい台詞《せりふ》だ」

　坂上が薄ら笑いを浮かべる。

「どうして戻ったんだ」

　私は坂上を見据えた。

「当たり前のことを訊くなよ。金に決まってるじゃないか。学がなく、前科持ちで、おまけにこんなナリのおれが贅沢《ぜいたく》な生活をしたいと思ったらここに戻ってくるしかないだろう。一度身についちまった贅沢な生活を捨てるのは難しいんでね」

　坂上はそう言ってうまそうにグラスの酒を飲んだ。

「そんなに贅沢ができる身分なら、わずらわしい思いをする電車など使わずにハイヤーでも頼めばいい」

「車椅子での移動も悪くはないさ。道行く奴らはみんな同情の目でおれを見る。だけど、さっきみたいないい女を連れて、高級な店で豪遊しているおれを見れば同情からいきなり羨望《せんぼう》の眼差《まなざ》しに変わる。こんな生活ができるのも、おれが金を持っているからさ」

「屈折してるな」

「そうかもしれないが……それが現実だ」

「それが……おまえが本当に求めている生活なのか。彼女を失ったとしても。彼女は……これからおまえと一緒に細谷さんに対して償いをしていこうと思っているんだぞ」

「償い……馬鹿なことを考える女だな。そういうところがうっとうしいんだ。あいつはおれみたいな男と一緒にいてはいけない女なんだよ」

それが坂上の本心だとはどうしても思えなかった。坂上がりさのことを本気で愛していたことを私は知っている。

「こうやっておまえと顔を突き合わせるのも最後だろうから訊いておきたい」

坂上が訊いた。

「何だ？」

「おれを赦すべきか、赦すべきでないのか――おまえはおれのどんな姿を見たらおれのことを赦せると細谷の親父さんに告げたんだ？」

坂上の質問に、私は答えられなかった。

「もうひとつ質問しよう。おまえは姉ちゃんを犯して殺した奴らのどんな姿を見たら赦せると思えるんだ？」

坂上がじっと私のことを見つめてくる。

「そいつらが刑務所から出て真面目に生活してれば過去の罪を赦せるのか？　姉ちゃんの墓の前やおまえに向かって泣きながら赦しを請うたらおまえは赦せるのか？」

私は答えることができなかった。

「赦すことなどできないだろう。悪党はそのことを自覚しているんだ。だから、赦してもらおうなどという七面倒臭いことは考えないし求めないのさ。だけど、悪党は自分が奪った分だけ大切な何かを失ってしまうこともちゃんとわかっている。それでも悪いことをしてしまうのが悪党なんだよ」

それがこの男の本心なら哀れだと思った。

「それがおまえの生きかたか？」

「ああ……死に際にでも、自分が奪ってきたものと失ってきたものを天秤《てんびん》にかけてみるさ」

坂上が静かに答えた。

翌日、川越の喫茶店にりさを呼び出した。

現在の坂上の状況、彼が語った言葉を告げると、りさは泣き出した。

「どうせ赦してもらうことなんかできないから……彼はこれからも悪いことをして生きていくというんですか……」

私は泣きじゃくるりさの姿をテーブル越しに見つめているしかなかった。

「そんなの悲しすぎる……ねえ、佐伯さん……人の命を奪った人間はどんなことをしても赦されることはないんですか……彼らは自分の犯した罪を被害者の家族に本気で赦してほしいと願っていないんですか……」

りさが真っ赤に充血した目で訴えてくる。

「それは、あなたならよくわかるはずだ」

りさの父親も犯罪の被害に遭って亡くなっている。

「あなたはお父さんを殺した人間を赦せますか？　お父さんを殺した人間はあなたやお母さんから赦してもらおうと何かしましたか？」

私が問いかけると、りさはしばらく黙り込んで、ゆっくりと首を横に振った。

「裁判では、これからずっと遺族のために謝罪し続けたいみたいなことを言ってましたけど……もうとっくに刑務所から出てきているはずなのに、一度もやってきたことはありません。もっとも、私も会いたいとは思いませんけど……。だけど、洋一は……」

「そう……」

私は言いかけて言葉を切った。りさが見つめてくる。

「いや、何でもない」

私は坂上が語った言葉のすべてが本心だとは思っていない。坂上は細谷からかけがえのない大切なものを奪ったという自覚があるから、自分も大切な存在を手放して生きる選択をしたのではないだろうか。そう思えてしかたがない。

死に際にでも、自分が奪ってきたものと失ってきたものを天秤にかけてみるさ――

そのとき坂上は失ってきた存在の重みをどれだけ嚙《か》み締めるのだろうか。

「そろそろ行こう」

私は伝票を取って立ち上がった。

喫茶店の前でりさと別れるとアパートに帰った。

部屋に入るとテーブルの上に置いたままの札束が目にはいった。

おまえは姉ちゃんを犯して殺した奴らのどんな姿を見たら赦せると思えるんだ?――

昨日、坂上と話をしていて、私は榎木和也を捜し出す覚悟をしていた。

あの男の何を知ったところで赦せるか、赦せないかはわからない。ただ、すべてを受け止めた上で、何らかの答えを出すつもりだ。

私は棚の引き出しからＤＶＤを取り出した。テレビの前に座り、ＤＶＤデッキのトレーを開いた。

動悸《どうき》が激しくなってくる。ＤＶＤを持つ手が震えた。

やはり観るべきではないかもしれない――そう思いながら、ＤＶＤをトレーに入れ再生ボタンを押した。

テレビ画面に画像が映し出された瞬間、私は思わず目を閉じてしまった。

「どうだ、ちゃんと撮れてるか」という男の声が聞こえて、ゆっくりと目を開けた。

漆黒の闇に薄ぼんやりとした光が浮かび上がっていた。

私は何の映像だろうと画面を注視した。

「ちゃんと撮れてますよ」

画面が横に動いた。煙草を吹かしながらハンドルを握る男の横顔が映った。どうやら走っている車の助手席からカメラを向けているようだ。

「秘密兵器だな」

運転席の男がちらっとこちらを向いた。茶髪に目つきの鋭い男だ。田所とも寺田ともあきらかに違う。おそらくこの男が榎木だろう。

「すげー高かったんですよ、これ」

「何言ってんだよ。おれは車を調達してるんだからそれぐらい当然だろうが。これから楽しもうっていうんだろ」

榎木が言って窓の外に煙草を捨てる。

画面がさらに動いて後部座席を映し出した。かなり広い。ワゴン車のようだ。『ムラキ工務店』と書かれた箱の中に工具や配管の一部らしい物が見えた。その横にうなだれたように少年が座っている。私が知っている田所とはかなり違うがかすかに面影がある。ということは助手席でカメラを持っているのが寺田か。

「やっぱり、まずいんじゃないですか……」

弱々しい口調で田所が言った。

「いまさら何言ってんだよ！　女子高生とやりてえって言い出したのはおまえだろう。普通にナンパして誰がおまえみたいなぶさいくの相手をしてくれるんだよ」

「だけど……もし……警察に言われたら……」

「そのためにカメラを用意してんだろう。馬鹿じゃねえか。――おい、マサシ、カメラ外に向けろ。あれ！　あれ！」

前方からかすかなひかりが近づいてくる。自転車を漕《こ》いで走る女性の後ろ姿が見えた。

私の胸がざわついた。

「マサシ、顔を確認しろ。ブスだったらスルーだ」

カメラが助手席の窓の外に向けられる。自転車を走らせる女性の横顔が見えた。姉のゆかりだ――

「どうだ？」

「かわいいっす――ねえ、彼女、家まで送っていこうか」

寺田がゆかりに声をかけた。

ゆかりがびくっとこちらを向いた。顔が引きつっている。自転車の速度を上げたのだろう。画面からゆかりの姿が消えた。

「チッ。シカトかよ」

男の呟《つぶや》きが聞こえた瞬間、激しい衝撃があり、画面が大きく揺れた。画面の片隅に倒れた自転車が映っている。

「やばいっすよ」

カメラが運転席に向けられた。

「軽くぶつけただけだ。早く拾ってこい。自転車も忘れるな」

カメラに向かって薄笑いを浮かべた榎木を見て、私の背中が粟立《あわだ》った。

榎木は走っていたゆかりの自転車に車をぶつけたのだ。

画面が切り替わった。見覚えのある薄暗い光景――松山とゆかりの遺体を発見した廃屋だ。制服を着たゆかりが床に寝かされていた。ぴくりとも動かない。

これ以上観たくなかった――私は画面から目をそらした。リモコンを見つめる。

「死んじゃったんじゃないですか……」

田所の声に、私は画面に目をやった。

「そんなわけねえよ。気絶してるだけだろ。おまえからやっていいよ。その代わり五万な」

榎木が片手を差し出して言った。

「やっぱりいいよ……お金はちゃんと払うから……」

田所が泣きそうな声で言った。

「早くやれって言ってんだよ！」

榎木から尻《しり》を蹴《け》られ、田所がゆかりに覆いかぶさってスカートの中に手を突っ込む。

ゆかりが目を覚まして叫んだ――激しく抵抗する。

「手を押さえてやろうか？」

榎木がはやし立てる。

それからは目を覆いたくなる光景だった。田所と寺田が代わる代わるゆかりを力ずくで犯していく。ゆかりの泣き叫ぶ声が耳に突き刺さってくる。

私は画面に映し出されるおぞましい光景を目に焼きつけていた。

ゆかりは制服を引き裂かれ、床に崩れたまま放心していた。もはや抵抗する力もなく、抜け殻のようになっている。

「じゃあ、最後はおれか。ちゃんと撮れよ」

カメラに向かって指を立てて、榎木がゆかりのもとに近づいていく。ズボンと下着を脱いでゆかりの体に覆いかぶさる。突然、ゆかりが暴れだした。ふたたび激しく抵抗する。

「痛てっ！」

榎木が頭を手で押さえた。

ゆかりが床に落ちていた鉄片か何かで榎木の頭を殴りつけたようだ。

「何しやがんだ！　てめえ！」

榎木がゆかりの手を押さえつけて激昂《げっこう》する。ゆかりの顔面を殴りつけて、両手で首を絞めつけた。ゆかりが苦しそうに身悶《みもだ》える。

「榎木さん、やばいよ。それ以上やったらマジで死んじゃうかも……」

「うるせえんだよ！」

首を絞めつけられながら、ゆかりがもごもごと必死に何かを訴えている。

私には姉が何と叫んでいるのかがわかった。

修ちゃん……助けて……修ちゃん……そう言っているのだ。

「誰だ、そいつは？　彼氏か？　いくら呼んでも助けにこねえよ」

カメラは冷酷に、榎木に首を絞められて鬱血《うっけつ》していくゆかりの顔を捉《とら》えている。ゆかりの目から涙がこぼれ落ちた。ゆかりの顔が小刻みに痙攣《けいれん》する。

「やめろっ！　やめてくれ！」

私は画面に向かって叫んだ。

ゆかりの虚《うつ》ろな目がこちらを見つめている。

「安心しろ。そいつはすぐにおまえのことなんか忘れるさ」

榎木が言った瞬間、ゆかりの目から力が消えた――

完全に力をなくしたゆかりの目がこちらを向いている。画面を見つめながら私はむせび泣いていた。

「やばいっすよ、榎木さん……死んじゃったんじゃ……」

寺田がうろたえたように言った。

「うるせえ！　とりあえずカメラを切れ――」

その瞬間、画面が真っ暗になった。

昨晩、私は一睡もできなかった。

あのDVDを観た後、私は二時間ぐらいその場から動けないでいたようだ。正直なところ、時間の感覚がまったくなかった。時間の感覚だけではない。私の心も、何かを考えることも感じることも拒絶するように静止していた――

その後、激烈な痛みが心を貫いた。どうしようもない苦しみ、どうしようもない悲しさ、どうしようもない悔しさに、私は一晩中のたうちまわった。

目を閉じると、ゆかりが息絶えた瞬間がまぶたの裏によみがえってくる。ゆかりは死ぬ間際にゆかりはどれだけの絶望と苦しみを感じながら死んだのだろうか。ゆかりは死ぬ間際に私に助けを求めていた。十五年間、知らなかった事実があの映像にあった。十五年前、私はゆかりを救うことができなかった。

そいつはすぐにおまえのことなんか忘れるさ――

私は死にゆくゆかりにさらなる絶望を与えた榎木のことをどうしても赦《ゆる》せなかった。

駅に降り立つと、かつて榎木が住んでいた地区に向かった。

榎木は事件当時、私たちが住んでいた和光市の隣の朝霞《あさか》市に住んでいた。

未成年が起こした事件だからニュースなどで実名が報道されることはなかったが、榎木たち犯人の噂は近隣の地区に広がっていた。

実家の理髪店にやってくる客も、少年事件のため犯人の詳細を知ることができない両親のことを思ってか、仕入れてきた噂話をよく店で披露していた。犯人の家族がどこに住んでいるだとか、犯人がどういう少年だとかだ。私も事件直後に何度か榎木たちの家の前まで行ったことがあった。

私は榎木が住んでいた周辺の住民、学校関係者、知人たちを片っ端から当たっていった。一分でも一秒でも早くあの男を見つけ出したい一心だった。

あの男の何かを知りたいために捜しているわけではない。

あの男を殺したい——それだけだった。

私は榎木和也に対する激しい憎悪に突き動かされていた。

法律事務所から雇われた探偵だと告げ、事務所の弁護士が担当した元被告人の実態調査をするために所在を捜しているという名目で榎木の聞き込みを行った。

子供の頃から榎木は住んでいた土地で厄介者扱いされていたのだろう。話を聞いた人たちの多くは榎木のことについて、訊《き》いてもいないことまで話をしてくれた。

榎木の両親は彼が十歳のときに離婚している。その後、父親は榎木を引き取り、母親はひとつ年下の弟を引き取ったそうだ。榎木の素行が変わったのはそれからだという。中学校に入ると、傷害や窃盗で何度も警察の世話になる地元でも札付きの不良少年になっていた。一応、高校に進学したが半年で中退。地元の工務店で働き始めたが事件当時にはその仕事も辞めている。

榎木のパーソナルデータはそれなりにわかったが、肝心の現在の所在に関しては誰も知らなかった。そして、榎木の父親も事件後すぐにこの街を離れ、今はどこで暮らしているのかわからないという。

私は榎木が一時期働いていた工務店に行ってみた。

「あのときはまいったねえ……うちで真面目に働くからって言うんで、運転免許を取るための金を分割の前払いという形で立て替えてやったんだけどね……長続きしなかったし、金もけっきょく払わないまんまさ」

社長の村木《むらき》は会社の前で、私に愚痴を言った。

「辞めた後も合鍵《あいかぎ》を勝手に作って会社の車を使ってさ。事件でうちの会社の車が使われてたって聞かされたときには本当にびっくりしたよ。警察にしばらく押収されちゃって仕事には支障が出るし、本当にいい迷惑だったよ……」

村木が会社の前に停めたライトバンを見ながらため息を漏らした。

「彼はもう刑務所から出ているはずなんですが、どこに住んでいるかご存知ですか？」

「いや、知らないねえ……」

「彼のお父さんに関しては？」

私は食い下がった。

「あの親父とはね、たまに近くの飲み屋で会ったりしていたんだけど、ろくでもない男だったね。酒癖は悪いし、仕事もろくにしないでさあ……だから女房も愛想をつかして離婚することになったんだろうけど」

「お母さんはどちらに？」

「さあねえ。もうひとりの息子を連れて実家に帰ったんじゃないかな」

榎木の弟か。

「和也はお母さん子でね。よく母親と弟と三人で楽しそうに散歩しているところを見かけたな。あの頃はとても素直な子供だったよ。だから、母親が弟だけを引き取ったときにはそうとうショックだったみたいだよ。そういえばその頃、和也が家出をして大騒ぎになったんだ。四日後に警察に保護されたんだけどねえ……どうやら母親を捜すためだったらしいんだ。それからだね、和也がぐれ始めたのは……子供ふたりを育てるのは大変だったろうけど、あのときに恵子《けいこ》さんが和也も引き取っていればあんなことにはならなかったかもしれないな」

ゆかりを殺したのは紛れもなく榎木和也だ。だが、その話を聞いて、私は榎木の母親にも憎しみを抱いた。榎木の母親は自分の息子が犯した罪をどのように受け止めているのだろうか。

そろそろ辞去しようかと思っていたとき、車から降りた従業員を見て村木が、「そういえば……」と何かに思い当たったような顔をした。

「おい、新城《しんじょう》——」

村木が呼ぶと、車から荷物をおろしていた男が振り返った。

「おまえ、ちょっと前に榎木から変なことを頼まれたとか言ってなかったか？」

「ああ……保証人のことですか？」

新城が答えた。

「保証人？」

「ええ、三ヶ月ぐらい前だったかなあ……突然、自宅にあいつから電話がかかってきたんですよ。あいつは中学校の同級生なんですけど別にそんなに親しいわけじゃなかったし……いったい何だろうと思ったら、ちょっと入院することになったから保証人になってもらえないかって話で」

「入院……？」

「入院するときには何か保証人が必要らしいですよね。正直言ってあいつの保証人なんかなりたくなかったんだけど、すぐに退院できるし、絶対に迷惑をかけないからって押し切られて……それに下手に断って後で恨みを買いたくないしね……」

「何という病院か覚えていますか？」

私は訊いた。

「えっとですね……たしか……豊田《とよた》第一総合病院っていう名前だったと思う。愛知県の豊田市にある」

「彼は今、愛知県にいるんですか……」

「みたいですね。自動車部品の工場で派遣で働いているって言ってました」

「ありがとうございます」

私はふたりに礼を言って辞去した。

時計を見ると夕方の六時を過ぎている。これから豊田市に向かうのは不可能ではないが、今日はとりあえず川越のアパートに戻ることにした。

その病院に行っても、必ずしも榎木を見つけられるとはかぎらない。三ヶ月前ということは退院している可能性のほうが高いだろう。だが、榎木はおそらく豊田市内にいる。長期戦に備えて準備が必要だ。

アパートに戻る前に近所の金物屋に立ち寄り、安物の小型ナイフを買った。

木暮が言った通り、あの男を殺すには安物のナイフで十分だ。

ゆかり——仇《かたき》はとってやる。

私はそう心に誓いながら、包装されたナイフを鞄《かばん》にしまった。


翌朝六時に、私はアパートを出た。

昨晩も私はほとんど寝ることができなかった。

東京駅に行って東海道新幹線で名古屋に向かう。名古屋から電車を乗り継いで豊田市駅で降りた。豊田第一総合病院は豊田市駅からタクシーで二十分ほどのところにあった。

四階建ての病院で、案内板を見ると二階から上が病室になっている。一応、怪しまれないように一階の売店で小さな花束を買い、病室を見て回った。一室一室、ドアの横にかけられた名札を見ていく。二階の病室に『榎木和也』という名前はなかった。三階を見て回っていると、私の心臓が大きく波打った。

三〇八号室の札に『榎木和也』とあった。札がひとつしか掛かっていないということは個室なのだろう。

私はドアの横で周囲に悟られないように深呼吸を繰り返した。

病室には誰かいるのだろうか。いや、いたとしてもかまわない。榎木を殺してそのまま捕まればいい。

私はノックをせずにドアを開けて中に入った。

病室にはベッドで寝ている榎木以外誰もいなかった。眠っているのだろうか、榎木も反応を示さない。私はすぐにドアを閉めて、持っていた花束を床に放った。ゆっくりとベッドに近づいていく。

ベッドで寝ている榎木を見下ろした瞬間、私は戸惑った。

この人物は本当に榎木なのだろうか――

今、私のそばにいる榎木は画面で見たあの男と同一人物には見えなかった。頰は削《そ》げ落ち、急激に痩《や》せたせいか閉じられた目は落ち窪《くぼ》んでいる。血色を失ってかさかさになった肌。まるで骸骨《がいこつ》のようだった。

布団から出ている手は枯れ枝のように細く、あちこちにどす黒く変色した注射の痕《あと》があった。

だが、まじまじと見ていると、間違いなくあの榎木和也だった。

何の病気だろう……

私は榎木の姿を見てから、ここにやってきた動機を忘れかけていた。ゆかりを絞め殺した手を見つめ、心を奮い立たせる。

目の前にいるのは間違いなくゆかりを殺した榎木だ——

ゆかりを車で撥《は》ね飛ばして薄笑いを浮かべ、ゆかりの首を絞めて殺す寸前に絶望的な言葉を吐き出したあの榎木なのだ——

私はポケットからナイフを取り出した。

ゆかり、仇をとってやるからな——

眠っている榎木の顔を睨《にら》みつけながら、この目に焼きつけたゆかりの最期の姿を思い出していた。

最後までこの世に生をつなげようと必死に抵抗していたゆかり。目の前にいる男はそんなゆかりの願いを嘲笑《あざわら》うかのように殺したのだ。

おまえなどこの世に生きている資格なんかない。

道端にいる虫を踏み潰《つぶ》すように、その程度の罪悪感でおまえを殺してやる。

私は榎木の胸の辺りに思いっきりナイフを振り落とした——

こんなんじゃ楽すぎる……！

すんでのところでナイフを止めた。

こんな殺しかたじゃあまりにも榎木が楽すぎる。

ゆかりが死ぬまでに感じたであろう苦しみや絶望に比べればとても釣り合わない。おまえにはもっと苦しんでもらわなければならない。絶望を感じながら死んでもらわなければ意味がない。

私は榎木の寝顔を睨みつけ、奥歯をぎゅっと噛《か》み締めながら、ナイフをポケットにしまった。

床に放った花束を拾い上げて病室を出た。

私は昂《たかぶ》った感情を鎮めるように廊下のベンチに座った。

廊下を行きかう医師や看護師や患者らを見つめながら、これからのことを考えていた。

私の前を通り過ぎる患者を見ているうちに、病院で人を殺すことにためらいがでてきた。おそらく重病の患者もいるだろう。ここで殺人事件を起こすことでそれらの人に大きな動揺を与えてしまうかもしれない。

だけど、どうすればいい……私は榎木が住んでいる家も会社も知らない。榎木が退院してしまえばまたゼロから所在調査をしなければならないのだ。かといって、いつ退院するかわからない男を病院の前でずっと張っているわけにもいかない。

「どうも、失礼しました」

という声に、私は少し先の病室を向いた。

病室から緑色のユニフォームにキャップをかぶった男が出てくる。病室の前に停めた清掃用具を積んだワゴンを押して隣の病室に向かい、清掃道具を取り出してふたたび「失礼しまーす」と病室に入っていく。私はしばらくその様子を見つめていた。

ワゴンを押した男が私の前を通り過ぎた。キャップには『大和《だいわ》クリーンサービス』と書いてあった。


その夜、私は駅前のビジネスホテルに泊まり、翌朝ふたたび病院を訪ねた。

三階のベンチに座っていると、ワゴンを押した男がやってきた。病室の掃除を始める男の姿をしばらく眺めていた。男がトイレに入ったのを見計らって、私はベンチから立ち上がった。

トイレに入ると、男は便器に向かって用を足していた。

私は洗面台で手を洗った。男が私の隣にやってきて手を洗う。

「バイトの時給はいくら?」

私が声をかけると、びくっとしたようにこちらを向いた。

「七百五十円ですけど……」

怪訝《けげん》な表情で答えた。顔を見ると二十歳前後といった若者だ。

「頼みがあるんだけど」

私はハンカチで濡《ぬ》れた手を拭《ぬぐ》ってから財布を取り出した。中から一万円札を抜き取って男に差し出した。

「少しの間、君の仕事を体験させてもらえないかな」

男は小林《こばやし》といった。二時間ほど代わりに仕事をするだけで迷惑はかけないと説得して、個室で彼が着ていた制服と自分が着ていた服を交換して着替えた。簡単に仕事のやりかたを教えてもらう。


「失礼します」

私はドアをノックして、三〇八号室に入った。

「ごくろうさま」

ベッドから榎木が顔を持ち上げて言った。

今日は起きていたか。

できればこの男と直接話をしたくなかった。目を合わせれば私の中にある激しい憎悪を感じ取って警戒されてしまうかもしれない。

私はあまり目を合わさないように帽子を目深にかぶり直し、病室の掃除を始めた。榎木の隙を見てコンセント型の盗聴器を仕掛ける。

いくつかの病室を回っていると、造り自体はそれほど変わらないはずなのにそれぞれ部屋によってずいぶんと雰囲気が違うことに気づく。ここは花ひとつ飾られていない殺風景な部屋だった。もっともこの男に花など似合うわけもないが。

「新しい人？」

かすれた声で榎木が訊《き》いてきた。

「ええ」

私はベッドのほうを見ずに答えた。

「いくつ?」

「三十です」

私が掃除をしている間、榎木がいろいろとベッドから話しかけてくる。よほど話し相手を欲しているらしい。

実際に対面した榎木は画面で見たときの高圧的な態度は影をひそめ、生気を感じさせず弱々しかった。

「掃除が終わりました。それでは失礼します——」

「ちょっと頼みがあるんだけど」

榎木に呼び止められて、私は振り返った。榎木がサイドテーブルを指さしている。

「一ゲームやっていってくれないかな」

サイドテーブルの上にオセロゲームが置いてあった。

「他の人はよくやっていってくれるんだけど」

榎木が私を見て微笑みかけた。

その表情を見て激しい怒りがこみ上げてきたが、しかたなく少しだけオセロゲームに付き合うことにした。盗聴器を仕掛けることはできた。これで榎木の交友関係や退院してからの仕事や生活の情報を仕入れることができる。

「余計なお世話かもしれないけど、アルバイトじゃなく早く就職をしたほうがいいよ」

榎木が白い駒を盤面に置いて言った。

私は何も答えず、黒い駒を置いた。

「おれはね……入院するまで近くの工場で派遣社員として働いてたんだけど、長期で入院しなきゃいけなくなったらあっさり首を切られたからね。せちがらいねえ……」

いつか本当の意味で首を切ってやるから。

私はその言葉を呑《の》み込んで、黒い駒を置いた。盤面の駒のほとんどを黒に変えて、私は病室を出た。

ビジネスホテルに戻ってきた私は崩れるようにベッドに寝た。薄暗い天井を見上げる。

榎木の顔が脳裏をかすめた。

いつ、私はゆかりの復讐《ふくしゅう》を果たせるのだろう——

そのことばかりが頭の中を占めていた。

私はそう遠くないうちに榎木を殺す。ひとりの人間の命を奪うのだ。

そのことで私もたくさんのものを失うことになるだろう。両親は人殺しになった私を見てどう思うだろう。

いつでも笑っていいんだぞ。いや、笑えるようにならなきゃいけないんだぞ。おれたちは絶対に不幸になっちゃいけないんだ――

父親の言葉を思い出した。

死に際にでも、自分が奪ってきたものと失ってきたものを天秤《てんびん》にかけてみるさ――

あのときは、坂上が吐いた言葉に反発を抱いたが、今の私はあいつと同じような人生を辿《たど》ろうとしているのだ。

ここまできて、私は何を迷っているのだ。

私は鞄《かばん》の中からDVDを取り出して、小型のプレーヤーにセットした。

二度と観たくないおぞましい映像だが、あの男への殺意を途切れさせたくない。

私は薄闇の中で、ゆかりの最期の瞬間を目に焼きつけた。

榎木の今までの人生とはどんなものだったのだろうか。私はゆかりの最期の姿を見つめながら考えていた。

ゆかりはこの男たちに出遭ってしまうまでは幸せな人生を送っていた。たくさんの友達がいて、素敵な恋人がいて、仲のいい家族がいて……ゆかりは最後の最後まで生きたいと願っていただろう。何とか生き延びて会いたい人がいたにちがいないし、やりたいこともいっぱいあったはずだ。ゆかりが奪われた人生には無限の可能性と価値があったはずだ。

あの男のこれからの人生にはどれぐらいの価値があるのだろう。

榎木の病室から出て、トイレに戻ると小林と服を交換して着替えた。小林が勤務のときにまた同じことをさせて欲しいと頼んで了承を得ると、三〇八号室の普段の様子を訊いてみた。三〇八号室に見舞い客が来ているところを見たことがないという。おそらく親とは疎遠になっているだろう。昔の友人とも今では付き合いがないようだ。働いていた会社もクビになったと言っていた。

榎木と刺し違えるなら、せめてあの男が死ぬ寸前に、この世に悔いを残すような寄辺があることを願っていた。

ワゴンを押して病室を回っていた私は、向こうから歩いてくる人物を見てぎょっとした。

見覚えのある人物――弁護士の鈴本茂樹だった。

あの男がどうしてこんなところにいるのだ。

私は帽子のつばを低くして、鈴本とすれ違った。

振り返って鈴本の背中を目で追う。鈴本は三〇八号室に入っていった。

私はワゴンを壁際に置いて、掃除用具と一緒に入れてあった受信機を取り出した。急いでトイレに駆け込み、個室に入る。受信機のイヤホンを耳にあてて周波数を合わせる。

――どうだい？　調子のほうは……

鈴本の声が聞こえてきた。

――ええ……おかげさまで……まあ、何とか……

榎木のかすれた声が答えた。

――退屈してるだろうと思ってね……何冊か本を持ってきたんだよ。

――ありがとうございます……でも、先生も忙しいでしょうし、遠くからわざわざおれなんかの見舞いに来なくてもいいですよ。

――けっこう暇なんだよ。それともこんなじじいの顔なんか見てると気が滅入《めい》ってくるかな？

――そんなんじゃないけど……先生には感謝してますよ。先生が金を出してくれたから個室に移ることができたし、こうやって自由気ままにのんびりできるんだから。

鈴本はゆかりの事件の裁判のときに榎木を担当した弁護人だ。どうして鈴本が榎木の入院費用を負担する必要があるのだろう。

――なあ、榎木くん……今のうちに何かやりたいことや行きたいところはないかな？

鈴本が今までとは違い神妙な口調になって言う。

――別にないですね。こうやって毎日ぼーっと一日を過ごしているだけで満足ですよ。

――例えば……佐伯ゆかりさんのご遺族に手紙を書いてみるとか……

ゆかりの名前が出てきて、私ははっとした。

――テープかなにかに自分の肉声を残すって手もあるなあ。体を動かせる間に彼女の墓参りに行くのもいいかもしれない。私が彼女の両親に掛け合って……

突然、私の耳もとに嘲《あざけ》ったような笑い声が響いてきた。不快で、苛立《いらだ》つ笑いだった。

——先生はおれにそういうことをさせるために個室に移してくれたんですか？　残念だけどおれはそんなことには全然興味がないです。それに何を書いたとしても言ったとしても嘘っぱちになっちまいます。おれは別に事件に関して反省もしてないし、誰かに謝りたいって気持ちもまったくありません……

榎木の言葉に、私は激しい怒りを覚えた。

——本当にそうなのかい？　拘置所に入っているときにはずいぶん反省の言葉を口にしていたじゃないか。

——先生、死を間近にすると人間正直になるんですよ。

死を間近にすると？

私は榎木の言葉に衝撃を受けた。

——人間は欲があるから、先が長いって思うとね、少しでも刑期を短くしてもらおうと思っていろいろなことを考えますよ。でもね、もうこの世で生きている時間もあとわずかになってくると、自分の本質っていうのかな、そういうものが見えてきちゃう。おれの中には反省や謝罪の気持ちなんて全然ありません。おれはこの三十三年間、ひとりも大切だと思える人間がいなかったからな……大切な人を殺される気持ちなんていまいちよくわかんないんですよ。

——本当にそうかな……？　君には大切だと思える人がいなかったのかな。ちがうだろう。

――どうでもいいでしょう。そんなこと。どうせおれはそれほど生きられないんだ。おれが死んだらあの女の遺族におれが死んだことを伝えてやればいいじゃないですか。それで少しは気が晴れるでしょう。

おれはそれほど生きられないんだ――その言葉に私は愕然《がくぜん》とした。

私が手を下すまでもなく、榎木はもうすぐ病気で死ぬ。

榎木は自分の死をすでに覚悟している。そんな男の死期を多少縮めたぐらいではゆかりの復讐は果たせない。

私の手で、榎木にゆかりが感じた以上の苦しみと絶望を与えてやりたい。あの男の息が止まる瞬間まで、いや、それから先もかぎりなく続く苦痛を与えてやりたい。だけど、どうすればいいんだ……。

肉体を殺すことに意味がないなら、私はあの男の魂を殺してやりたかった――

「失礼します」

三〇八号室に入ると、ベッドの上で寝ていた榎木が私を向いた。

「やあ、今日は君か……この前は何だか差し出がましいことを言ってすまなかったね。うっとうしい患者だと思っただろう?」

「いえ……」

「長いこと入院していると、他の世界にいる人が何だか羨《うらや》ましく思えてね……」

私は掃除を始めた。テーブルの上に聖書と、数冊の古典名作の本が置いてあった。鈴本が持ってきたのだろう。

「そういえば……昨日の夜中、隣の部屋からすごい声が聞こえてきたんだけど」

「お亡くなりになったんですよ」

私は答えて、榎木の反応を窺《うかが》った。

榎木の表情が一瞬、固まったように感じた。何を考えているのだろう。もうすぐ自分の身に訪れる死の恐怖を多少は感じているのだろうか。

「ずいぶんと苦しんだみたいですね……先ほど掃除をしたんですが、床や壁にいっぱい血がこびりついていて大変でした」

「そう……」

榎木は私から顔をそむけ、窓の外を見た。

「死んだらどんなところに行くんだろうな……」

ぽつりと呟《つぶや》いた。

「さあ……」

「普通、あまりそんなことを考えないか」

榎木が私を向いて言った。

「考えますよ」

私は十五年前からいつも考えている。死んだゆかりはいったいどこに行ったのだろうかと。魂となってもしかしたら私のすぐそばにいるのではないか。それとも他の人間として生まれ変わっているのだろうか。いずれにしても苦痛を感じなくていい世界にいてほしいと願っている。

「へえ……」

「姉を亡くしてますから」

私は榎木に視線を据えて言った。

「そうなんだ……」

「人によって行く場所が違うんじゃないですかね」

私が言うと、榎木が「えっ？」と聞き返した。

「よく言うじゃないですか。この世で善い行いをしてきた人間は次に生まれ変わるまで天国に行けるけど、この世でひどい罪を犯した人間は地獄に堕《お》ちて終わりのない苦しみを味わうことになると……」

「そんなのはしょせん迷信だろう」

榎木が初めて声を荒らげるように言った。

「そうですかね」

私は榎木の動揺を見透かして軽く笑いながら答えた。

「いったい誰が見てきたって言うんだ！　そんな世界！　死んだ後のことなんて誰にもわかりゃしないだろう」

榎木が苛立ったように言い放った。

私はそんな榎木の姿を見ながら、心の中であざ笑った。

病院から出ると、突然、私の前に人が立ちふさがった。顔を上げてみると鈴本だった。

「まさかと思ったが、やっぱり君か……」

鈴本が戸惑いを隠さずに言った。

私は鈴本を無視して行こうとしたが、手をつかまれた。

「少しだけ話をしたいんだが……」

鈴本に誘われ、私は渋々近くの喫茶店に行くことにした。

「どうして君があそこにいるんだ？」

コーヒーをひと口飲むと、鈴本が言った。

「どこにいようと私の勝手でしょう」

「目的は榎木和也だね」

鈴本が私の目をじっと見つめて訊《き》いた。

私は何も答えなかった。

「君が何のために榎木くんに近づいたのかはわからない。だけど、もうやめてもらえないだろうか……」

鈴本が静かに言った。

「どうしてあなたからそんなことを言われなければならないんでしょうか」

私が答えると、鈴本が小さなため息をついた。

「お姉さんを殺した人間が今どんな生活をしているかを知りたい——そう思う君の気持ちはよくわかるつもりだ。君はいつか私に言っただろう。どうして榎木の出所後の様子を知ろうとしないんだと。私は君の言葉がずっと引っかかっていて彼を捜すことにしたんだ。十日ほど前に彼があそこの病院に入院していることを知った。でも、彼はね……末期の肝細胞がんに罹《かか》っていて、正直なところそれほど長い命じゃないんだ」

私はじっと鈴本の目を見つめ返していた。

「知っているのかい……？」

反応を示さない私に、鈴本は気づいたのだろう。

「彼に安らかな死を与えてやってもらえないだろうか」

鈴本が懇願するように言った。

「姉の死は安らかなものなんかじゃなかった」

私は吐き捨てた。

「もちろんそうだ。もちろん……彼にも安らぎだけを与えるつもりはない。私は榎木くんからゆかりさんや君や君のご両親への贖罪《しょくざい》の気持ちを引き出したいんだ。必ず君たちに彼の気持ちを伝えるから、私に任せてもらえないだろうか」

「私はそんなものに興味はありませんね。口でならどんなことでも言える。あなたたち弁護人は犯罪者が吐く偽りの謝罪とやらにいつも乗せられているんですよ」

あの映像を見るかぎり、いくら未成年が起こした事件とはいえ懲役十年とはあまりにも軽すぎる。生きている犯罪者はいくらでも反省や言い訳の言葉を口にできる。殺されたゆかりは自分が受けた苦しみを、絶望を、誰にも訴えることができないのだ。

ゆかりの本当の無念を知っているのはあの映像を観た私だけだ。

「死と向き合っている今だからこそ、自分が殺してしまった人の無念の気持ちを本当の意味で理解できるんじゃないだろうかと私は思っている。私は彼の真の反省の気持ちを君たちに届けたい」

「あの男が反省しようがどうしようが私にはどうでもいいんです。私はあの男にゆかりが味わった以上の絶望を味わわせてやりたい。ただ、それだけです」

私は財布から千円札を抜き取り立ち上がってテーブルの上に置いた。

「君に罪人《つみびと》になってほしくないんだ」

「放っておいてもあいつはもうすぐ死ぬんです。わざわざ法律を犯すような真似はしませんよ」

「法律を犯すことだけが罪じゃない。たとえ罰せられなかったとしても、犯した罪は人の心に一生消えない傷を残すんじゃないかな」

私は鈴本の言葉を無視してその場から立ち去った。

その日、三〇八号室は慌ただしかった。いくつかの機材が病室に運び込まれ、数人の医師や看護師が切迫した表情で出たり入ったりしている。

私は廊下からその様子を見つめていた。

「今回は何とか持ち直したけど、次は厳しいな……」

病室から出てきた医師の言葉が耳に入った。

私はベッドの上で悶々《もんもん》としていた。

もしかしたら、今、この瞬間にも、榎木はこの世からいなくなっているかもしれない。あの男をこのまま死なすわけにはいかない。榎木にゆかりが感じた以上の絶望と苦しみを与えるまでは。

焦燥感に駆られながら、腕時計を見た。夜の九時を過ぎている。私はDVDプレーヤーを鞄《かばん》に入れるとビジネスホテルを出て病院に行った。

面会時間は過ぎている。看護師に見つからないように私は三〇八号室に向かった。病室のドアには『面会謝絶』の札がかかっている。私はノックをせずにドアを開けて中に入った。

病室は薄闇に包まれていた。榎木はベッドで寝ている。私はその寝顔を冷ややかに見つめていた。

小さな唸《うな》り声を上げて榎木が薄目を開けた。目の前に立っている私に気づいてびくっとした。

「ここは……どこだ……おれは生きてるのか……先生……」

消え入りそうな声で言った。

意識がはっきりしていないようで、私のことを医師だと勘違いしているようだ。

「残念だが、まだ生きてるよ」

私の言葉の意味もすぐには理解できないようだ。榎木がゆっくりと目を開けた。

「なんだ……君だったのか。どうしたんだ、こんな時間に……」

「退屈だろうと思って、面白いものを持ってきてやったよ」

「面白いもの？」

私の言葉遣いが変わったせいだろう、榎木が少し怪訝《けげん》な表情をした。

私はサイドテーブルをベッドの上部に持ってきて、榎木の目の前にＤＶＤプレーヤーを置いた。再生ボタンを押す。

どうだ、ちゃんと撮れてるか――

十五年前の自分の顔を見て、榎木の表情が凍りついた。ベッドの上に置いたコードつきのナースコールに目を向ける。榎木が取ろうとした瞬間、私は手で払った。ナースコールが床に落ちた。

「これを観ながら、もうすぐおまえが行く場所を想像してみるがいい」

私は言った。

「おまえは……」

引きつった表情を私に向けながら榎木が訊いた。

私は手を伸ばしてDVDプレーヤーの早送りボタンを押した。ちょうど榎木がゆかりの首を絞めつけている場面で再生に戻した。

画面の中でゆかりがもごもごと何かを訴えている。

「これはな——修ちゃん……助けて……修ちゃん……そう言ってるんだよ」

榎木がはっとしたように私を見た。察したようだ。

「弟……」

安心しろ。そいつはすぐにおまえのことなんか忘れるさ——

プレーヤーの榎木の言葉と同時に、画面の中でゆかりが死んだ。

「おれは忘れてなんかいない」

私は榎木に言った。

「おれのことを殺しにきたのか？」

榎木がじっと私の目を見つめて言った。

「もうすぐ死ぬおまえを殺したってしょうがない」

榎木は気だるそうに私を見ていた。

「死刑執行を待つのはどんな気持ちだ？」

私は吐き捨てた。

「別に……何てことはないさ。人はどうせいつか死ぬ」

「そうだな。おまえの人生はどんなだった？　おまえは人殺しをするためにこの世に生を享《う》けてきたのか？　人を殺して刑務所に入って……たったそれだけの人生か？　おまえが死んでも、いったいどれだけの人間がおまえのことを覚えているだろうな。姉のことはみんな忘れない。おれも、おれの両親も、姉の友人も……死ぬまで姉のことを忘れない。それは十七年間、一生懸命に生きてきたからだ。おまえとちがってな」

「だからどうした……？」

榎木が気力を振り絞るように上体を持ち上げ、挑むように言った。

「おれはこの世の中に思い残すことはない。だから、死ぬことなんかちっとも怖くない。おまえの姉ちゃんとちがってな」

その言葉を聞いた瞬間、かっと全身が熱くなった。榎木の胸倉をつかんだ。

突然、病室のドアが開いて私はそちらを向いた。

「何をやっているんですか！　面会謝絶ですよ」

看護師が血相を変えて私のもとにやってきた。手をつかまれて外に出されるときに、

「なあ」と私を呼ぶ声がした。

「死刑執行に立ち会わせてやるよ」

私が振り返ると、ベッドの上から榎木が言った。

あの男を殺してやりたい。いや、あの男の魂まで殺してやりたい。

私はずっとそのことばかりを考えていた。

もうすぐ死にゆく男に、すでに自分の死を受け入れている榎木に、ゆかりが感じた以上の絶望と苦痛を与えられる手段が私には思いつかなかった。焦燥感と虚《むな》しさがこみ上げてくる。私はどうしようもない悔しさを噛《か》み締めていた。

ひとりも大切だと思える人がいなかったから、大切な人を殺される気持ちなんていまいちよくわからないと、あの男は言い放った。

そんな男にいったいどうやって……

いや――本当にそうだろうか。

私の頭の中にひとつの考えが浮かんだ。

もしかしたら、あの男にゆかりが感じた以上の絶望を与えられるかもしれない。死にゆくあの男の魂を殺すことができるかもしれない。

翌朝、私はビジネスホテルをチェックアウトした。

埼玉に戻って榎木の母親の所在を調べるためだ。

榎木にとっての最大の弱点は母親ではないかと思った。

和也はお母さん子でね――

ムラキ工務店の社長も言っていたし、鈴本も「君には大切だと思える人がいなかったのかな」と榎木に問いかけていた。

榎木の母親は息子のことをどう思っているのだろうか。

母親の思いの中に、榎木の魂を殺せるような何かを見つけられることに期待した。

だけど……榎木にあとどれぐらいの時間が残されているだろう。

焦燥感がこみ上げてくる。何とかもう少しだけ生きていてくれと願いながら、私は電車に乗った。

朝霞に行って交流のあった人たちから話を聞くと、母親の恵子は夫と離婚した後、実家がある愛知県の岡崎市《おかざきし》に移り住んだそうだ。榎木が事件を起こすまでは年賀状の挨拶《あいさつ》があったそうだが、今では何の連絡もないから今でもそこに住んでいるかどうかはわからないとかつての知人は言った。

岡崎市——榎木が出所後に暮らしていた豊田市と隣接している土地だ。単なる偶然だろうか。榎木と母親は今でも関わりを持っているのだろうか。それとも、榎木の何らかの思いからなのだろうか——

私は知人から聞いた岡崎市にある恵子の実家を訪ねてみた。

実家の周辺を張ってわかったことは、恵子は二十三年前に戻ってきてからずっと再婚せずにそこに住んでいるということだ。榎木の弟の信司《しんじ》は十年ほど前に就職して実家を出ている。

恵子が家から出てきた。

私は悟られないように恵子の後をつけた。恵子は電車に乗り、五つ先の駅ビルに入っていった。そこにある宝飾店で恵子は働いていた。

私は恵子と話すきっかけを求めてひたすら待った。

閉店後、店から出てきた恵子はそのまま駅ビルの最上階にあるレストランに入った。私は恵子の隣の席に座り、様子を窺《うかが》った。レストランの入口を見て、恵子が立ち上がった。こちらに向かってくるカップルがいる。男性は私と同世代のようだ。恵子の向かいに座ったカップルが楽しそうに話し始める。

どうやら恵子の向かいに座った男性は次男の信司らしい。ふたりはもうすぐ結婚するようで、女性が示したパンフレットを見ながら、「このドレス、きっと似合うわ」などと言っている。

女性が席を立ってトイレに向かうのを見送って、男性が表情を曇らせながら口を開いた。

「親戚《しんせき》の人たちには……口止めしておいてくれよ」

「わかってる」

「あの男はいないことになってるんだから。親父だって、離婚してからは音信がないから結婚式にも呼べないんだってことにしてあるからね」

「あなたは何も心配しないで」

一時間ほど話をすると、カップルは席を立って先に店を出て行った。

このタイミングしかない。私は立ち上がって恵子の席に向かった。恵子が怪訝そうに私を見上げている。

「少しお話ししてよろしいですか」

「何ですか、あなたは……」

私はおかまいなく先ほどまでカップルが座っていた席に腰をおろした。

「私、もう帰りますから」

恵子が薄気味悪そうに言うと、伝票を手に取った。

「息子さんのことでお訊《き》きしたいんです」

私の言葉を聞くと、恵子がびくっとしたように手を止めた。

「と言っても……もうすぐご結婚なさる幸せな息子さんではないほうです……」

「あなたは……マスコミのかたですか……」

恵子が警戒心を滲《にじ》ませた顔で訊いた。

「私は——佐伯ゆかりの弟です」

私が告げると、恵子の顔がこわばった。

「佐伯ゆかり……さん……」

「そうです……あなたの息子に殺された」

「いったい……私に……何を……」

「ちょっと話がしたいだけです」

私はポケットの中に手を突っ込んだ。

「話って……いったい何を……」

声が震えていた。だが、私を拒絶してこの場を立ち去るほどの勇気はないようだ。

ポケットの中に入れていたボイスレコーダーの録音ボタンを探りながら押した。

「榎木和也について話を聞かせてください」

私は恵子を見据えた。

「何もお話しすることはありません」

先ほどまで動揺していた恵子が私に視線を向けた。

「話すことはない？　あなたの息子のことでしょう」

「和也は死にましたから――」

無表情で私に告げた。

「死んだ？」

「ええ……あの子はとっくに死にました。私の息子は先ほどここにいた信司だけです」

「榎木和也はまだ生きています」

私は真意を探ろうと恵子をじっと見つめた。

榎木が死んだと言い張ることで私の追及をかわそうとしているのだろうか。

「和也のことで話ができるとしたら、子供の頃の思い出話ぐらいしか……それしか私に話せることはありません。あの子はずっと昔に死んだんですから」

「そうですか……まあ、いずれにしてもあの男はもうすぐ死ぬんですけどね」

少しだけ恵子の目が反応した。

「末期がんで余命わずからしいですから」

私が告げると、恵子の形相が変わった。

「だから何だって言うんです！　和也はもう死んでいるんです。あんなケダモノ、私が殺してやったんです！」

恵子が私を睨《にら》みつけて吐き捨てた。

「そうですか……」

このまま話を続けていても意味がないと思った。

私はボイスレコーダーの停止ボタンを押して立ち上がった。

「お邪魔しました」

私はその場から立ち去った。


和也はもう死んでいるんです。あんなケダモノ、私が殺してやったんです！――

ボイスレコーダーのボタンを操作して、何度も、何度も、恵子の言葉を聞いた。

恵子の心の中では榎木はすでに死んでいる。いや、それどころか恵子は自分で榎木を殺したのだと言い放った。

死ぬ寸前にこの言葉を聞かせたら、榎木はどれほどの絶望を感じるだろうか。自分にとって一番大切だった人から殺されておまえは死ぬのだ。奴の魂を殺せる――

これでゆかりの復讐《ふくしゅう》を果たせると私は思った。

それなのに、恵子の言葉を聞くたびに、どうしようもない不快感がまとわりついてきた。

この感覚はいったい何だろう……

ためらいか――？

そんなことあるわけがない。私はずっと榎木のことを憎んでいる。あの男にゆかりが感じた以上の絶望と苦痛を与えてやりたいとずっと思い続けてきたのだ。

榎木の母親への嫌悪か――？

それもあるだろう。産むだけ産んで、自分の手に負えないことをやってしまったら簡単に子供の存在を殺してしまう。そんな母親に激しい憤りを感じる。だが、ゆかりを殺したのは母親ではない。あくまでもあの男なのだ。

だったら、私の胸の中で蠢《うごめ》いているこの嫌な感覚はいったい何なのだ――

携帯電話が鳴った。見慣れない番号の着信だ。私は電話に出た。

「もしもし……鈴本です。突然、申し訳ありません。今、どちらにいらっしゃいますか？」

私は滞在しているビジネスホテルの名を告げた。

「榎木くんが危篤です。もしものときには私と一緒にあなたにも看取《みと》ってほしいと医師に告げていたようで……これからタクシーで迎えに行ってもいいですか」

願ってもないことだ。私は了解した。

ボイスレコーダーをポケットにしまい、私は部屋を出た。ホテルの前で待っているとタクシーが停まった。私は鈴本の隣に座った。

「連絡しておいてこういうことを言うのも何なんですが……どうして、彼があなたに看取られたいなんて思ったのかわからない」

「約束したんですよ」

「約束？」

「死刑執行に立ち会わせると――」

私が答えると、鈴本は眉《まゆ》をひそめた。

「佐伯さん――ひとつ約束してくれないだろうか」

私は鈴本を向いた。

「死にゆく者に鞭打《むちう》たないでくれ」

それは無理だ――私はポケットの中のボイスレコーダーを握り締めた。

病室に着くと、ベッドを囲むように医師と看護師がいた。もう手の施しようがないのだろう。慌ただしく何かの処置をするということはなかった。

榎木は薄目を開け、かろうじて息をしているという状態だった。

「何かお言葉をかけてあげてください」

医師に言われて、鈴本が榎木のそばに寄り耳もとで何か囁《ささや》いた。

榎木の視線が私に注がれているような気がする。榎木はこの世の最後のときに、いったいどんなことを考えているのだろうか。

私はゆっくりと榎木に近づいていった。

一瞬、鈴本と視線が交錯する。私は鈴本が立っているベッドの反対側で立ち止まった。榎木を見下ろした。

もう、あと数分ほどで、この男は死ぬだろう。

私はポケットの中でボイスレコーダーを握り締めた。自分の手の中には憎んでも憎みきれない男を絶望へ突き落とすものがある。

私はポケットからボイスレコーダーを取り出した。

和也はもう死んでいるんです。あんなケダモノ、私が殺してやったんです！――

死ぬまでにどうしても聞かせたいおまえにとって一番大切だった人の言葉だ。

自分が死ぬ寸前に、おまえはすでに母親に殺されていたことを知るのだ――

それで、この男の魂を殺すことができる。

おまえはどんな顔をするだろうな。

絶望を噛《か》みしめながら息絶えたおまえの死に顔をしっかりと見届けてやる。

ばたんとドアが開いて、私は振り返った。

恵子が入ってきた瞬間、榎木の目がかすかに開かれたように感じた。

どうして、ここに恵子が――私は少しばかり動揺した。

「お母さん、来てくださったんですか。さあ、何か言葉をかけてあげてください」

鈴本が恵子に言った。

恵子が私を見て、戸惑ったような表情になった。恵子はドアのそばから動かずに、息子のことを見ていた。

鈴本がドアに向かっていき、恵子の手を取ったが、恵子は首を振りながら榎木のそばに寄ることを拒み続けている。

私は榎木の耳もとにボイスレコーダーを近づけた。

この言葉を聞きながら、おまえは自分の愚かしい人生を考えるのだ。

おまえはどうして生まれてきたのか。生きている間にどんなことをやってきたのか。

おまえにこの世に生きてきた価値があったのか。大好きだった母親の言葉に苦しめられながらおまえは死んでいくんだ。

それを思い知らせる私は悪党だ。おまえと同じような悪党だ。それでもいい。私はゆかりの復讐を果たすために悪党になるんだ。

だけど、どうしても再生ボタンにかけた指に力が入らなかった。

さっきから胸の中で渦巻いている何かが私を抑え込もうとしている。

何をためらっているんだ。早く押せ！　早くこのボタンを押すんだ！

悪党は自分が奪った分だけ大切な何かを失ってしまうこともちゃんとわかっている。それでも悪いことをしてしまうのが悪党なんだよ――

いつか、坂上が言った言葉が脳裏をよぎった。

そうだ。そんなことはわかっている。ゆかりへの復讐以外に大切なものなどこの私にあるのか。失って後悔するものなど今の私には……

榎木の目から一筋の涙が垂れた。

「ご臨終です――」

医師が脈をとって私たちに告げた瞬間、恵子がゆっくりと私のそばに寄ってきた。

私は榎木の顔に伸ばした恵子の手に目を向けた。

恵子の指先が榎木の頬に触れる。まるで、いましがたまで生きていた息子の温《ぬく》もりを確かめようとするように榎木が流した涙の跡を指先でなぞった。

私は医師によって瞼《まぶた》を閉じられた榎木の死に顔をじっと見つめた。

心の中は真っ白だった。

いや、まるで灰のようだ――

今まで激しく燃えさかっていた怒りの焔《ほのお》が真っ白な灰となって心の中を舞っているのだ。

虚《むな》しかった……

私はボイスレコーダーをポケットに入れて病室を出た。

廊下で肩を叩《たた》かれて振り返ると、鈴本が立っていた。

「彼はずっとお母さんと会うことを拒絶していました」

鈴本が呟《つぶや》いた。

「母親を呼んだのは弁護人としての最後の情けですか?」

私は訊《き》いた。

「いえ――私なりの彼への罰です」

鈴本はそう答えると歩いていった。

榎木は死ぬ間際に何を思ったのだろうか。

最後の一滴の涙はどんな意味を持っていたのだろうか。母親への思いか。自分が死なせてしまったゆかりへの懺悔《ざんげ》か。それとも、ただの生理現象か。

考えたところで一生わからない。

私はポケットからボイスレコーダーを取り出してゴミ箱に捨てると、出口に向かって歩き出した。

「まあまあな報告書かな」

調査報告書を読んでいた木暮がファイルを閉じた。

「お世話になりました」

私は木暮に礼を言った。

鈴本から聞いたのかどうかはわからないが、木暮は榎木の余命を知っていたのだろう。この仕事を受けなければ後悔すると言っていたのを思い出した。

木暮が立ち上がって私の横をすり抜けていった。しばらくすると私の向かいに戻ってきてテーブルの上に鞘《さや》に収まったアウトドアナイフを置いた。

十五年ぶりに自分の手もとに戻ってきた父からのプレゼント――

これで……これでよかったんだよな……

私はナイフを見つめながら、心の中で父に問いかけていた。

「ところでこれからどうするの？」

木暮が訊いた。

「やっぱりこの事務所を辞めよう……」

「新しい依頼が入っちゃってるんだよね」

私が言い終わる前に、調査依頼書を差し出してくる。

私はしかたなく調査依頼書を受け取り、とりあえず眺めてみた。

調査対象者の欄には『小《お》倉《ぐら》孝《たか》敏《とし》』とあった。依頼人の名前は『遠藤りさ』――

「なかなか可愛いお嬢さんでねえ、調査費用をかなりサービスしちゃったんだよ。成功報酬もいらないって……きっと私のことをダンディーで素敵な紳士だと思っただろうなあ」

木暮が鼻の下を伸ばしながら言った。

おそらく、調査対象者はりさの父親を殺した男だろう。

彼女も向き合うつもりなのか――

なぜ、そうしようと思ったのか、私にはわかる。

「わかりました。この仕事は受けます――ただ……その前に十日ほど休暇をいただきたいんですが」

「またあ、佐伯くん……のんびり釣りにでも行こうっていうんじゃないだろうね」

「それも悪くないですね」

私は笑った。

エピローグ

私は盛岡駅に降り立った。

この十日間、私は人を捜していた。

今、生きている間にどうしても会いたい人がいるからだ。

所在をつかむだけならこんなに時間はかからなかっただろうが、私は生まれてからこれまでの人生を辿《たど》るようにその人の現在の生活に近づいていった。

私はその人が幼稚園生のときにお遊戯会で白雪姫の役をやったことを知っている。小学校の運動会ではいつも徒競走で一番だったことも。父親が亡くなったとき、葬儀では涙を見せなかった彼女が、数日後に学校で大粒の涙を流していたことも……そして、義父と同居してからの辛《つら》かった日々……東京に来て色々な職場を転々としていたことも……

私は四年間、探偵という仕事を生業《なりわい》としている。だけど、これほどその人のことが知りたいと渇望しながら足を棒にしたことはなかった。

辛いときにはひとりにならないで……と、いつか君は言ってくれた。

君のことを知れば知るほど、どうしようもなく愛《いと》しさが増してくる。君をひとりにしたくない。いや、私がそばにいてほしいのだ……

盛岡駅からバスに乗って、二十分ほど行くと、大きなショッピングセンターが見えた。

私はその近くの停留所でバスを降りた。

彼女は朝から夕方までこの中にある雑貨店で働き、春から理容師になるための学校に通うのだと、行きつけにしている喫茶店のマスターとその奥さんに話しているらしい。

私は店内に足を踏み入れた。レジに近づいていくと、客と楽しそうに話している彼女を見つけた。顔にはまだうっすらと傷痕《きずあと》が残っている。

私は初めて女性へのプレゼントを探す少年のように落ち着きなく店内をうろついた。

彼女がこちらを向いた。私と目が合った。その瞬間、薄っすらと残っていた彼女の傷痕が微笑みに変わった。

解説

タカザワケンジ（書評家）

「ミステリ」とは何か。

もともとは探偵小説、推理小説と呼ばれていたこのジャンルだが、「ミステリ」と呼ばれるようになって、より幅広く、さまざまなタイプの作品が含まれるようになった。その定義には諸説あるだろうが、私説を述べさせていただければ、「読者を物語に引き込み、ページを繰らせる〝謎〟があること」、そして、「犯罪が題材になっていること」、この二つを満たした作品が「ミステリ」だと思っている。

とくに犯罪が関わらない「日常の謎」というジャンルもあるので、そうした作品をミステリとは言わないのかと突っ込まれそうだが、正直なところ、ミステリとしては少し物足りない。ミステリとは「日常」のなかにあるものではなく、犯罪という「非日常」のなかで展開される、刺激的な物語であってほしいと思うからだ。

むろん「犯罪」は現実には身近に起こってほしくない忌避すべきものである。しかし、どうやら、人間には、そうした犯罪に潜んだ謎や、犯罪を起こしてしまう人間の業のようなものに惹《ひ》かれてしまう厄介なところがあるようだ。そうでなければ、ミステリ作品がベストセラーの上位を占める結果にはならないだろう。

薬丸岳の『悪党』は上記二点を満たした上質の「ミステリ」である。

主人公は二十九歳の佐伯修一。元巡査で、いまは小さな探偵事務所で探偵をやっている。

物語の前半は連作形式で進み、修一が受けた依頼が発端になる。最初の依頼は一人息子を殺された老夫婦によるもの。すでに社会復帰している加害者を捜してほしいという依頼だった。加害者を見つけ出した修一は、依頼人からさらにこう頼まれる。

「あの男を赦《ゆる》すべきか、赦すべきでないのかが知りたいのです。赦すべきならばその材料を見つけてほしい」

難しい判断だが、修一は一つの答えを出す。しかし、その答えが正しかったのかどうか、修一の心にさざ波が立つ。なぜなら、修一自身が姉を殺された過去がある犯罪被害者遺族だからだ。

しかも、この依頼をきっかけに、修一は犯罪加害者のその後を調査する仕事をほかにも手がけることになる。依頼を受けて調査をするうち、修一は自分自身の問題とも向き合うことになる。

修一が追う加害者たちは、それぞれの理由はあるにせよ、被害者遺族へ接触して来ようとはしなかった人々だ。罪を償うとはどういうことなのか。罰を受けるとはどういうことなのか。被害者遺族の無念はどうやって晴らせばいいのか。そうした疑問、怒り、無念さが『悪党』前半に充満している。

冒頭で述べたように私たちは「犯罪」の非日常性や、そこから浮かび上がる人間の業に好奇心を刺激される。しかし、当然のことながら、犯罪は人の生死に関わることであり、大切なものを奪われるという苦しいできごとである。刺激的だからという単純な理由だけで安易に取り扱うことは許されることではないだろう。

それゆえ、ミステリには作者の人間観、死生観、倫理観が反映される。『悪党』を含め、薬丸岳の作品に一貫しているのは、犯罪にまつわる難しい問題を考え抜いたうえで、登場人物を造形し、物語を作るという誠実さだ。たとえば『悪党』には何人もの犯罪被害者遺族、加害者が登場するが、誰一人として同じようには生きていない。登場人物それぞれの事情を個別に考え、物語を練り上げているからこそ、物語にふくらみが出る。そして、現実もまた、そのように犯罪の数だけ物語が生まれているに違いないのだ。

ここで、作者の薬丸岳とはどんな人物なのか、その横顔を紹介しよう。

薬丸岳は一九六九年兵庫県明石市生まれ。五歳年上の兄が一人いる。兵庫のほか、奈良などで暮らした後、小学校五年のときに東京に引っ越した。この頃から映画が好きで、スティーブ・マックイーンのファンだったというからシブい。その後、『俺たちに明日はない』『イージー・ライダー』などのアメリカン・ニューシネマやATG（日本アート・シアター・ギルド）製作の『青春の殺人者』『サード』に衝撃を受けたという。

高校時代に金子正次が脚本・主演を務めた『竜二』を見て俳優を志し、卒業後、ミュージカル劇団「東京キッドブラザース」に入団したこともある。しかし、やがて俳優からシナリオライターへと志望を変更し、二十四歳のときに日本脚本家連盟の「ライターズスクール」に入学。同級生にはのちに歌手になる木山裕策がいた。その後、漫画原作賞に入選し、原作を手がけた漫画が雑誌に掲載されたこともあるが、漫画原作で食べていくことは難しく、悩んでいたときに出会ったのが第四十七回江戸川乱歩賞を受賞した高野和明の『13階段』だった。『13階段』に刺激を受けた薬丸は、乱歩賞への応募を思い立つ。

それから一年四ヶ月後、初めての小説『天使のナイフ』が完成。二〇〇五年、同作が第五十一回江戸川乱歩賞を受賞し、作家デビューを果たした。三十五歳のときである。

以上の経歴は、私が「野性時代」二〇〇九年九月号の「特集　薬丸岳　罪と罰の狭間で」のためにインタビューしたときに、ご本人から直接聞いたことだ。こちらのつたない質問にもじっくりと答えてくれる様子からは作風通りの誠実さがうかがえたが、好きな映画の話になると相好をくずし、映画少年の顔になるのが印象的だった。

私も同世代だからよくわかるのだが、薬丸が影響を受けたというアメリカン・ニューシネマから日本のATGの映画に至る映画作品は、強烈な個性を持っていた。社会的な重いテーマや既存の概念に挑戦するような冒険的な題材を取り上げ、ときには劇映画であることを忘れさせるようなリアルな映像で観客を圧倒する。しかも、テーマは深刻ながら娯楽性も兼ね備えており、観客をスクリーンに引き込んで飽きさせない。薬丸が大きな影響を受けたという金子正次の『竜二』も、遅れてきた日本の「ニューシネマ」と評したくなるようなドキュメンタリータッチのヒリつく映画だった。こうした映画の影響は、作家・薬丸岳にも大きな影響を与えていると思う。

作家デビュー後の薬丸は、一作ごとに力の入った作品を発表してきている。デビュー作の『天使のナイフ』では少年法、『闇の底』では小児性愛者が起こす性犯罪、『虚夢』では心神喪失を理由に罪を免じられる刑法第三十九条をそれぞれ扱っているが、いずれも世論が分かれるデリケートな問題に対して、正面から挑んでいる。私はこの三作を薬丸の「初期三部作」と呼んでいるが、この三作で薬丸は作家としての地歩を固めたと言っていいだろう。

『悪党』はこの三部作に続く四作めの長編小説だが、新境地に踏み出したという印象を受けた。重いテーマに真摯《しんし》に向き合う姿勢は変わらないながら、ひたすら直球勝負だった初期三部作に比べると、チェンジアップを混ぜた配球というか、緩急をつけた自在さが見て取れる。

たとえば、前半の連作形式を思わせる一話完結型のエピソードは、犯罪被害者遺族と加害者の複雑な関係を多角的に見せるうえで効果的だ。しかも、そうしたさまざまな例を見聞きすることで、修一自身の「決意」が固まってくる。それゆえ、物語の後半で、修一が姉を殺した加害者たちを追うという展開が説得力を持ってくるのだ。もしも彼らが更生していないとしたら、その罰を自分の手で与えるしかない――修一の思いは果たされるのかどうか。最後まで予断を許さない展開が待っている。

『悪党』で作家としての第二部の幕を開けた薬丸は、その後も着実に新作を発表している。二〇一一年の『刑事のまなざし』は、法務技官から転職した異色の刑事、夏目を主人公にした連作。同年の『ハードラック』では強盗グループに入ったことから殺人の責任まで負わされる結果になった青年の視点から物語を描くなど、作品の幅を広げている。

『悪党』は薬丸が新たな一歩を踏み出した作品として、記念すべき作品となった。薬丸作品のファンはもちろんだが、初めて薬丸作品を手に取ったという読者にもおすすめできる秀作である。

本書は二〇〇九年七月、小社より刊行された単行本を文庫化したものです。

悪《あく》党《とう》

薬《やく》丸《まる》 岳《がく》

平成24年 9月28日 初版発行
平成31年 4月5日 6版発行

発行者●郡司 聡

発行●株式会社KADOKAWA
〒102-8177 東京都千代田区富士見2-13-3
電話 03-3238-8521（カスタマーサポート）
http://www.kadokawa.co.jp/

角川文庫 17603

印刷所●旭印刷株式会社 製本所●本間製本株式会社

表紙画●和田三造

ISBN978-4-04-100471-5 C0193

角川文庫発刊に際して

角川源義

第二次世界大戦の敗北は、軍事力の敗北であった以上に、私たちの若い文化力の敗退であった。私たちの文化が戦争に対して如何に無力であり、単なるあだ花に過ぎなかったかを、私たちは身を以て体験し痛感した。西洋近代文化の摂取にとって、明治以後八十年の歳月は決して短かすぎたとは言えない。にもかかわらず、近代文化の伝統を確立し、自由な批判と柔軟な良識に富む文化層として自らを形成することに私たちは失敗して来た。そしてこれは、各層への文化の普及滲透を任務とする出版人の責任でもあった。

一九四五年以来、私たちは再び振出しに戻り、第一歩から踏み出すことを余儀なくされた。これは大きな不幸ではあるが、反面、これまでの混沌・未熟・歪曲の中にあった我が国の文化に秩序と確たる基礎を齎らすためには絶好の機会でもある。角川書店は、このような祖国の文化的危機にあたり、微力をも顧みず再建の礎石たるべき抱負と決意とをもって出発したが、ここに創立以来の念願を果すべく角川文庫を発刊する。これまで刊行されたあらゆる全集叢書文庫類の長所と短所とを検討し、古今東西の不朽の典籍を、良心的編集のもとに、廉価に、そして書架にふさわしい美本として、多くのひとびとに提供しようとする。しかし私たちは徒らに百科全書的な知識のジレッタントを作ることを目的とせず、あくまで祖国の文化に秩序と再建への道を示し、この文庫を角川書店の栄ある事業として、今後永久に継続発展せしめ、学芸と教養との殿堂として大成せんことを期したい。多くの読書子の愛情ある忠言と支持とによって、この希望と抱負とを完遂せしめられんことを願う。

一九四九年五月三日